BAYARD

AMOUREUX,

ou

LES LUTINS

De Rambouillet.

POEME

DÉDIÉ A S. A. R. Mgr. LE DAUPHIN,

Par le Comte de Coëtlogon.

ORNÉ D'UNE JOLIE GRAVURE.

TOME PREMIER.

PARIS,

CHEZ DELAFOREST, LIBRAIRE,

RUE DES FILLES-ST.-THOMAS, N°. 7.

1825.

BAYARD AMOUREUX,

ou

Les Lutins de Rambouillet.

IMPRIMERIE ANTHe. BOUCHER,
Rue des Bons-Enfans, no. 34.

Laure de loin disait: n'achevez pas !
Bon chevalier ! je demande la grâce
De l'ennemi que votre main terrasse.

BAYARD AMOUREUX,

ou

Les Lutins de Rambouillet.

POEME

DÉDIÉ A S. A. R. Mgr. LE DAUPHIN,

Par le Comte de Coëtlogon.

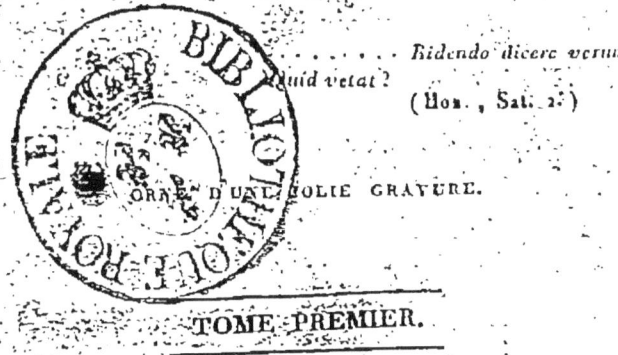

. . . . Ridendo dicere verum
Quid vetat ?
(Hor., Sat. 1.)

ORNÉ D'UNE JOLIE GRAVURE.

TOME PREMIER.

PARIS,

CHEZ DELAFOREST, LIBRAIRE,
RUE DES FILLES-ST.-THOMAS, N°. 7.
1825.

A SON ALTESSE ROYALE

MONSEIGNEUR

LE DAUPHIN.

MONSEIGNEUR,

Les plus illustres guerriers de l'antiquité et des temps modernes se plaisaient à mêler aux lauriers belliqueux de Mars les lauriers pacifiques des Muses; ils savaient que si le glaive des héros affermit souvent les empires, le flambeau des sciences et des arts les éclaire en les civilisant, et que le génie des bonnes lettres consolide enfin ce que la victoire a édifié.

A leur exemple, Monseigneur, et convaincu de ces vérités, après avoir, par vos vertus et par votre courage, vaincu l'hydre des révolutions, et rendu l'Espagne à son Roi, vous protégez dans le repos de la gloire tous les arts nécessaires ou agréables.

Honoré de votre royale bienveillance, j'ose vous présenter aujourd'hui ce poëme, où, sous le voile de l'allégorie et les formes d'un innocent badinage, j'ai essayé d'offrir quelques leçons utiles.

Rien ne manquerait à mon bonheur, si, vous délassant des nobles travaux auxquels la sagesse paternelle vous appela, vous accordiez un sourire d'approbation à l'esquisse d'un des plus beaux caractères chevaleresques de nos temps modernes. Le Chevalier sans peur et sans reproche est digne d'être apprécié par le Prince que la France et l'Europe ont proclamé sans reproche et sans peur.

Je suis, avec un profond respect,

MONSEIGNEUR,

De Votre Altesse Royale,

Le très humble, très obéissant et très dévoué serviteur,

LE COMTE DE COETLOGON.

BAYARD AMOUREUX,

OU

LES LUTINS DE RAMBOUILLET.

~~~~~~

CHANT PREMIER.

———

LES RIVAUX.

Orne ton front du panache héroïque,
Muse, et d'Amour emprunte le carquois;
Reprends en main la baguette magique,
Et de ton luth viens soutenir ma voix :
Viens, racontons la ruse captieuse
Qui fit tomber dans une même erreur
Le chevalier sans reproche et sans peur,

I.   1

Le roi de France et sa cour belliqueuse,
Et retarda l'exploit de Marignan,
Pour sauver Sforce aux remparts de Milan.
    L'astre éclatant de la chevalerie,
En ces temps-là, jetait ses derniers feux :
O jours éteints de ma vieille patrie !
Qu'ils étaient beaux vos tournois et vos jeux !
Bons chevaliers, que j'aime votre gloire !
La politique, et son triste grimoire,
Ne rendaient pas votre front soucieux ;
Vos trois pouvoirs, arbitres de la France,
Étaient alors Dieu, l'Amour et le Roi ;
Vos argumens, de vaillans coups de lance,
Et l'honneur seul votre suprême loi.
Gens d'aujourd'hui, sans gloser sur le vôtre,
Ah ! ce régime en valait bien un autre !
Et le chanter a des charmes pour moi.
    François premier, jeune et de gloire avide,
A peine assis au trône des Capets,
Allait r'ouvrir, dans son zèle intrépide,
Des fiers combats la lice à ses sujets.
Des champs lombards méditant la conquête,

Il a déjà rappelé près de lui
Ses dignes preux, dont la foule aujourd'hui,
Dans ce signal, voit un signal de fête.
Déjà Phébus armé de tous ses feux,
Avait chassé l'hiver au front de glace,
Au Mont-Cénis arraché sa cuirasse,
Neigeux rempart de ses flancs orageux;
L'ardent monarque, enivré d'espérance,
N'attendait plus, pour voler aux combats
Et vers Milan précipiter ses pas,
Que le moment fixé par sa prudence.

Du Milanais l'adroit usurpateur, (1
Sforce, espérant faire tête à l'orage,
De l'Helvétie invoque le courage:
L'Helvétien accourt, et sa valeur
Veut de nouveau la ravir au naufrage.
Mais c'est trop peu de ces apprêts guerriers;
Sforce, à la fleur des braves chevaliers,
Dont le monarque enflamme le beau zèle,
Dresse en secret des piéges amoureux;
Et, sans sortir de sa ville rebelle,
Va leur donner assez de soins chez eux

Pour dérouter leurs projets belliqueux.

Grand scrutateur de l'art cabalistique!
Docte Agrippa! des docteurs le flambeau!
Toi, qui t'armant contre un confrère inique,
Dont le Lombard invoqua la rubrique,
Des preux français protégeas le drapeau.
Par ton savoir éminent et magique,
Sois mon oracle en ce cas tout nouveau!
J'en ai trouvé le récit authentique,
Qu'en vain voudrait attaquer la critique,
Dans tes secrets et savans manuscrits,
A tout profane à jamais interdits.

Des Polignac la généreuse tige
Avait produit la plus noble des fleurs;
Une beauté, véritable prodige,
Qui, sans apprêts, enflammait tous les cœurs.
Le ciel se plut à rassembler en elle
Tous les attraits qu'on disait réunis
Dans cette jeune et sublime immortelle
Qui, sur l'Ida, vint remporter jadis
De la beauté l'inestimable prix.
Ne croyez pas que ma muse infidèle

En dise trop en cette occasion;
C'était, vous dis-je, une perfection
De dons exquis, de grâce naturelle :
Et Laure était le nom de cette belle.
De ce trésor l'hymen, pendant un an,
Charma les yeux du seigneur de Randan; (a
Lequel, dit-on, de Mars noble victime,
Sans cesse près de rendre l'âme à Dieu,
A l'objet pur d'un légitime feu,
N'avait encor prouvé que tendre estime,
Quand le trépas le frappa de ses coups.
Laure pleura long-temps son vieil époux,
Et se promit (ô constance ! ô courage !)
Qu'un exemplaire et fidèle veuvage
Consacrerait son deuil aux yeux de tous.
C'est la beauté que l'adresse de Sforce
Laisse entrevoir à nos preux chevaliers,
Et qu'en secret sa malice s'efforce,
Pour mieux encor les prendre à son amorce,
De dérober aux amoureux guerriers.

Laure a vingt ans, une âme ardente et pure,
Un œil de flamme, un cœur qu'un fond d'orgueil

1...

Fit contre amour défiant par nature,
Et qui jura d'en éviter l'écueil.
Fasse le ciel qu'un si bon propos dure!

   Dans ce château, nommé de Rambouillet, (3
Aux murs massifs, à la figure oblique,
Où, dédaignant la mode et la critique,
Se sont unis le moderne et l'antique,
Et dont les tours, en forme de bonnet,
Offusquent l'œil de leur pointe gothique,
La cour a vu cet adorable objet
Ensevelir un front mélancolique,
Et de ses maux se nourrir en secret.

   C'est vainement que Polignac lui-même
Veut arracher une fille qu'il aime
A ses ennuis, et la rendre à la cour
Où tant de vœux l'appellent tour-à-tour;
Elle persiste en sa douleur extrême,
Et va prouver qu'on échappe à l'amour.

   Tous ces rivaux, qui naguère ont vu Laure
Briller ainsi que la fleur du matin
Dont le bouton vient d'entr'ouvrir son sein
Au doux regard de la riante aurore,

Se sont flattés, la voyant libre enfin,
De disputer et d'obtenir la main
Du digne objet que leur cœur tendre adore.
Mais las! déjà son rigoureux dessein
Met en émoi le jeune et noble essaim!

La cour maligne avec aigreur la blâme;
Tous ses amans en poussent des clameurs:
« Quoi! faudra-t-il qu'à vingt ans une femme
» Quitte à jamais le monde et ses douceurs,
» Quand un époux que le tombeau réclame,
» Brise sa chaîne et finit ses malheurs?
» Quoi! sur son corps faut-il qu'elle se brûle?
» Un tel exemple est vraiment ridicule,
» Dangereux même. » Ainsi, dans son transport,
Disait tout haut l'impétueux Durfort
Devant la cour, dont la noble affluence
Dans son palais attendait la présence
Du jeune roi, digne espoir de la France.

« Est-il bien vrai? » s'écriaient à l'envi,
Et la Trémoille, et Sabran, et Tavanne,
« Que l'espoir même à nos cœurs soit ravi,
» Et qu'à mourir Laure ainsi nous condamne?

» O tendre amour! fais qu'un pareil trésor.....

» —Eh! croyez-moi,» disait Sòtomayor,

Fier Castillan, qu'au milieu de ses fêtes

Le nouveau règne a vu prendre l'essor

Et de l'amour y brusquer les conquêtes:

« Eh! croyez-moi, cette belle, entre nous,

» S'enferme moins pour pleurer son époux

» Que pour tâcher d'irriter notre flamme

» Et d'éprouver son pouvoir sur notre âme;

» Sa vanité veut nous désoler tous:

» C'est, en tout temps, le plaisir de la femme.

» Je m'ouvrirai son triste et vieux château;

» J'y saurai vaincre un dédain qui me blesse;

» Et la forçant à quitter son tombeau,

» Je changerai sa plainte en allégresse.

» —Vous pourriez bien, » lui dit alors Bayard

En lui lançant un sévère regard;

« Vous pourriez bien vous abuser!.... Peut-être,

» Malgré vos soins, vous devrez reconnaître

» Que vous formez un vain et fol espoir,

» Et promettez plus que votre pouvoir. »

   Le Castillan, avec un fier sourire,

Répond : « Eh bien ! nous verrons ! et demain

» Pour Rambouillet je pars de bon matin :

» Vous apprendrez comment amour m'inspire.

» —Nous verrons donc ! » lui réplique soudain

Le chevalier concentrant sa colère,

Et de son mieux maîtrisant dans son sein

Un feu jaloux qui cherche le mystère.

« —Nous verrons donc ! » répètent tour-à-tour

Les jeunes preux blessés dans leur amour,

Et dont ces mots frappent l'oreille altière;

Et chacun d'eux se propose en secret,

Sans s'avouer son manége discret,

De prévenir un rival téméraire.

Le bon Bayard n'était pas plus heureux

Que l'arrogant dont il craint la poursuite;

Mais sans retard son adresse médite

De l'observer d'un regard curieux.

A Rambouillet il court avec l'aurore,

Pour se poster près du château de Laure;

Il veut, avant d'en demander l'accès,

Du Castillan épier le succès;

Savoir enfin si l'objet qu'il adore,

Ouvrant sa porte, ou la fermant encore
A l'orgueilleux qu'un même feu dévore,
Possède un cœur espagnol ou français.

    Mais qui voudrait attendrir cette belle,
Et qui ressent le plus ardent amour ?
Ah ! c'est le roi ! le roi que dans sa cour
Des riens pompeux tiennent encor loin d'elle !
Port de héros, taille et beauté de Mars
Quand de Cypris il alluma la flamme,
Printemps de l'âge, un trône, une grande âme
Qui se déploie aux belliqueux hasards,
Un cœur brûlant que le désir tourmente,
Et qui sait l'art de soumettre une amante,
Font de François un rival dangereux :
Ses feux n'étaient de légitimes feux.
Il fallait donc se vouer au mystère,
En grand secret chercher moyen de plaire,
Et sans éclat vaincre en simple amoureux.

    Bayard pourtant qu'un soin jaloux entraîne,
Met pied à terre ; aux verts rameaux d'un chêne,
Sous le taillis, attachant son cheval,
D'un air pensif à grands pas se promène ;

Et de là guette un orgueilleux rival.

Il voit enfin Sotomayor paraître ;

De ses transports le guerrier se rend maître.

Mais tout-à-coup, au sommet du coteau

Qui de fort près domine le château,

Paraît Durfort, puis Gramont, puis Tavanne,

Montmorency, d'Escars et Castelanne ;

L'instant d'après, La Palice, Rohan,

Narbonne, Harcourt, La Trémoille et Sabran.

Oh ! qu'est ceci ? dit Bayard en lui-même.

Et pour savoir ce qu'en ces lieux ils font,

Sur son coursier, dans une hâte extrême,

Il monte et joint ses rivaux d'un seul bond.

    Vers le couchant du vieux château de Laure,

Une clairière en pelouse s'étend,

Pente fleurie où Laure vient souvent

Jouir en paix du réveil de l'aurore.

Presqu'à-la-fois, et par divers chemins,

Les voilà tous sur la verte pelouse,

Tous se lançant une œillade jalouse,

Et devinant leurs amoureux desseins.

    Bayard enfin a rompu le silence :

« Preux chevaliers, dit-il, nous adorons

» La même belle, et tous nous lui portons

» Le pur respect qu'on doit à l'innocence,

» Au noble sang qui lui donna naissance,

» A la vertu, son plus digne ornement!

» Par cet objet si cher et si charmant,

» Jurons ici que, pour toucher son âme,

» Chacun de nous emploira noblement

» Les seuls moyens qu'un délicat amant

» Doit employer et que l'honneur réclame;

» Que le premier qui, fléchissant son cœur,

» Aura reçu l'aveu de sa tendresse,

» A ses rivaux confira son bonheur,

» Et qu'à l'instant, subjuguant leur faiblesse,

» Reconnaissant les saints droits du vainqueur,

» Ils éteindront une inutile ardeur.

» —Nous le jurons! » répètent-ils ensemble:

« Nous le jurons! et foi de chevaliers! »

Cet accord plaît à ces nobles guerriers.

« Jurez vraiment comme bon il vous semble, »

Dit l'Espagnol à ses rivaux altiers;

« Promettre trop n'est pas d'un homme sage:

» De mes moyens, moi je veux faire usage.

» Souvent heureux à la guerre, en amours,

» Je ne m'en tiens à tous ces vains discours;

» Et de ce pas, sans tarder davantage,

» Je vois le but, je le vois, et j'y cours.

» —Tu n'iras pas, » dit Bayard plein de rage.

« —Eh! qui pourrait m'en empêcher?—Qui? Moi!

» Moi, poursuit-il, et j'en donne ma foi. »

Aux deux guerriers le feu monte au visage,

Et tous les deux, incapables d'effroi,

Prenant du champ, le fier combat s'engage.

　　Mais cependant, au fond de son château,

Laure se livre à ses regrets sincères,

Gémit, soupire, et de larmes amères

D'un noble époux arrose le tombeau.

　　Ennemi né du deuil, de la tristesse,

Ami constant de Mars et de Bacchus,

Au fond d'un broc poursuivant la sagesse,

Qui nous défend les soucis superflus,

Le vieil Urbain, écuyer plein de zèle

Du bon Randan, à sa veuve fidèle,

D'un ton sensé disait : « J'approuve fort

2

» Que l'on respecte et qu'on regrette un mort;
» Mais la douleur doit-elle être éternelle?
» Voilà tantôt, Madame, plus d'un an
» Que nous pleurons le seigneur de Randan :
» A vos chagrins il vous faut mettre un terme;
» Il n'est pas bon que toujours l'on s'enferme, —
» Et vous pleurez par-delà le devoir.
   » —Oui, » reprenait Alicie, à l'œil noir,
Au teint de lis, à la piquante mine,
Du sang d'Angenne innocente orpheline,
Et qui s'exile en ce triste manoir
Pour consoler une tendre cousine;
« Oui, je condamne un pareil désespoir.
» A ton époux c'est trop donner de larmes;
» Ma chère Laure, apaise tes alarmes;
» Renais au monde, et d'un deuil rigoureux
» Quitte à la fin l'appareil douloureux.
» Randan est mort, mais il était bien vieux! »
   Laure, pensive, en silence l'écoute,
Ne répond rien; et le bon écuyer,
Qui commençait lui-même à s'ennuyer
Du long chagrin que pour elle il redoute,

Et par respect n'osait le témoigner,
Contre un balcon qui donne sur la route,
En gromelant tout seul va s'appuyer.
　« Ah ! » poursuivait en soi-même Alicie,
« Par amitié faut-il passer sa vie
» En cet humide et nébuleux séjour,
» Dans les langueurs de la monotonie,
» Loin des plaisirs d'une brillante cour !
» Pour passe-temps, où la grèle, ou la pluie,
» Ou l'aquilon qui fond avec furie
» Sur les créneaux de cette sombre tour :
» Des arbres nus, dépouillés de verdure ;
» Des prés fangeux, ou de neige couverts ;
» De noirs corbeaux, dont les tristes concerts
» Incessamment affligent la nature ;
» Ce sont ici les plaisirs des hivers !
» Le doux printemps qui ranime le monde,
» Semble augmenter ma tristesse profonde ;
» Car il ne fait qu'embellir ces déserts !
» Des prés, des champs, des arbres toujours verts !
» D'ennuyeux pins sur qui la foudre gronde !
» Et pas un cœur de qui la voix réponde

» A mes regrets qu'ont emportés les airs!

» Ah! je le sens, l'avis d'Urbain est sage :

» Il n'est pas bon d'être ermite à mon âge. »

   Ainsi pensait, assise en un fauteuil,

Près d'accomplir dix-huit ans, Alicie,

Les yeux baissés et l'âme recueillie,

Pour se distraire un peu du sombre deuil

Où sa cousine était ensevelie.

Mais doucement enfin elle s'endort.

Lors, à l'élan dont son sein n'est pas maître

La belle veuve a cédé sans effort.

   « Ah! juste ciel! il succombe! il est mort! »

S'écrie Urbain en quittant la fenêtre.

« Qui donc? grand Dieu! » dit Laure avec effroi.

« Qui? Qu'est-ce? ô ciel! » répète en son émoi

Et s'éveillant son aimable cousine.

   Mais quoi! chacun aisément le devine :

Bayard venait, par un effort heureux,

De renverser son rival orgueilleux.

Des chevaliers la troupe protectrice

Fut jusqu'alors du combat spectatrice.

Bayard, d'un bras pressant Sotomayor,

. De l'autre bras levant sur lui le glaive,
Lui crie enfin d'une voix de Stentor :
« Jure ! superbe ! il en est temps encor ;
» Ainsi que nous, jure ! ou ce fer t'achève ! »
    Le Castillan, par sa chute moulu,
Et sur le pré sans défense étendu,
D'un air sournois répond : « Non ! par Saint-George ! »
Et froidement au fer tendant la gorge,
Brave un vainqueur de colère éperdu.

    Mais suspendons un récit véritable :
Ma voix s'enroue ; un instant de repos,
Chers auditeurs, est je crois à propos ;
Dans l'autre chant, s'il vous est agréable,
Je vous dirai le sort de nos héros.

FIN DU CHANT PREMIER.

NOTES

DU CHANT PREMIER.

1) PAGE 3, VERS 12.

Du Milanais l'adroit usurpateur,

Sforce.

Voici, suivant Gaillard, l'origine de la domination des Sforce dans le Milanais:

« Un homme dont la fortune n'avait fait qu'un paysan, et dont elle prit plaisir, dans la suite, à faire un héros, labourait en paix les champs de Cotignole. Des soldats passent sous ses yeux; cet aspect lui fit éprouver ce que la fable raconte d'Achille, qui, à la vue des armes qu'Ulysse lui présenta, démentit son déguisement par un instinct plus prompt que la réflexion. *Attendulo* sentit de même qu'il était né pour les armes et pour la gloire; il crut cependant devoir consulter le sort. Il jeta le coutre de sa charrue sur un arbre, résolu de s'enrôler si le coutre y restait, et de s'en tenir à son état de laboureur s'il retombait. Le coutre resta sur l'arbre: *Attendulo* partit. Il ne servit pas long-temps sans qu'on s'aperçût qu'il était né pour commander; il passa rapidement par tous les degrés militaires, et devenu bientôt le plus fameux capitaine de l'Italie, il vit jusqu'à sept mille volontaires sous ses enseignes. Il vendit ses secours à ces souverains qui faisaient toujours la guerre qu'ils ne savaient point faire. Ce fut lui qui eut la gloire de délivrer Jeanne seconde, reine de Naples, assiégée, dans un des châteaux de sa capitale, par Alphonse, roi d'Aragon. *Attendulo* portait alors le nom de Sforce, nom de guerre qu'il rendit le plus illustre de son temps. Une mort malheureuse termina cette honorable carrière : son cheval le précipita dans une fondrière, où il fut noyé.

» Il laissa des fils légitimes, que leur médiocrité a replongés dans le néant.

» Mais François Sforce, son bâtard, marcha sur ses traces, égala sa gloire et surpassa son bonheur. Protecteur et conquérant du Milanais, il le défendit contre tous les voisins avides qui cherchaient à l'envahir, et le prit pour lui-même.» (GAILLARD, *Histoire de François Ier.*)

Galéas-Marie Sforce, fils de ce dernier, lui succéda ; et tour-à-tour on vit le trône ducal de Milan occupé par Jean-Galéas-Marie Sforce, Ludovic Sforce, son oncle, qui l'empoisonna pour régner à sa place. A Ludovic Sforce, couvert de crimes, dépouillé du duché de Milan par Louis XII, et mort en captivité dans le château de Loche, succéda, par l'alliance et le secours des Suisses, Maximilien Sforce, son fils, qui, chassé de nouveau par Louis XII, rétabli encore par les Suisses, qui se montrèrent plutôt ses maîtres que ses alliés, fut dépouillé pour jamais, en 1515, par François 1er., du duché de Milan; et ayant accepté une pension de ce monarque, vint vivre et mourir obscurément en France.

2) PAGE 4, VERS 19.

De ce trésor l'hymen, pendant un an,
Charma les yeux du seigneur de Randan.

François II, comte de La Rochefoucaud, à qui Anne de Polignac apporta en mariage le comté de Randan, châtellenie en Auvergne, en 1518.

Les poètes, et par conséquent les amis de l'harmonie, comprendront aisément pourquoi j'ai substitué le nom de Laure à celui d'Anne que portait la belle comtesse de Randan, et les généalogistes me pardonneront, j'espère, mes anachronismes et mes suppositions gratuites au sujet du veuvage prématuré de mon héroïne.

3) PAGE 5, VERS 13.

Dans ce château, nommé de Rambouillet,
Aux murs massifs, à la figure oblique, etc.

La terre et le château de Rambouillet appartenaient, à cette époque, à la maison d'Argennes,

Elle était, avant la révolution, la propriété du vertueux duc de Penthièvre. Louis XVI l'acheta de ce prince, et depuis lors Rambouillet est devenu une des résidences royales.

Ce fut à Rambouillet que François Ier., atteint depuis long-temps d'une funeste maladie, vint terminer une vie glorieuse et agitée par tant de fortunes diverses. On montre encore la tour et la chambre où l'on prétend que ce monarque a rendu le dernier soupir.

Je fais du château de Rambouillet le séjour de la comtesse de Randan, parce que cela convient au plan de mon poëme et m'est plus commode.

FIN DES NOTES DU CHANT I.

CHANT II.

LE CHEVALIER INCONNU.

Ah ! quel vainqueur, inaccessible aux larmes,
Et même atteint du plus ardent courroux,
Peut résister à des yeux pleins de charmes
Que la pitié d'un air timide et doux
Tourne vers lui pour désarmer ses coups
Contre un vaincu qu'ont accablé ses armes ?
De la beauté s'il méprisait les vœux,
S'il repoussait sa touchante prière
Pour n'écouter qu'une aveugle colère,
Le cœur de roc de ce monstre odieux
Mériterait que d'un amour heureux

Jamais pour lui ne brillassent les feux !

　　Bayard allait, dans sa juste furie,

Du Castillan terminer le destin,

Et châtier ce naturel mutin

Qui le narguait au péril de sa vie,

Quand tout-à-coup il entend retentir

Un son de voix qui le fait tressaillir.

Laure accourait, la charmante Alicie

Suivait, tremblante; Urbain guidait leurs pas :

Laure de loin disait : « N'achevez pas !

» Bon chevalier ! je demande la grâce

» De l'ennemi que votre main terrasse ! »

　　Laure unissait à mille attraits vainqueurs

Une âme forte et de crainte incapable;

Et la pitié, ce doux baume des cœurs,

L'avait portée à ce soin secourable.

　　« Vis donc, superbe ! et délivre mes yeux,

» Sans différer, de ton aspect fâcheux ! »

Dit le vainqueur. « Cet ange tutélaire

» M'a commandé d'apaiser ma colère,

» Et j'obéis : rends grâce en ce hasard

» A la beauté, ton pudique rempart ! »

Elle lui jette un modeste regard
Qui voulait dire : Ah ! vous m'avez su plaire
En pardonnant, bon chevalier Bayard !

    Sur le vaincu pourtant Laure surprise,
Fixant les yeux, a reconnu soudain
Ce Castillan qui demanda sa main,
Et dont l'amour, que son âme méprise,
Avait juré de punir son dédain.

    Sotomayor, indigné de lui-même,
Honteux surtout de ce sanglant affront,
Sur son coursier remonte, le teint blême,
Pique des deux, baisse, en jurant, le front,
Et vers Paris, loin de l'objet qu'il aime,
Semble vouloir s'élancer d'un seul bond.

    Mais à nos preux, dont la troupe s'empresse
De l'entourer, notre belle s'adresse :
« Puis-je savoir, ô nobles chevaliers,
» Pour quel sujet, auprès de ma demeure,
» Vous étaliez ces apprêts meurtriers ?
» Et quel transport vous troublait tout-à-l'heure ?»
Ainsi disait, en levant ses beaux yeux,
Et d'une voix qui retentit dans l'âme

3

De ces amans que sa présence enflamme,
L'aimable Laure. Un regard curieux
Accompagnait ces mots officieux.
D'un luth touchant la douce mélodie
Qui vous excite à tendre rêverie,
N'a pas un charme et des sons plus puissans
Que cette voix dont la noble harmonie
De nos guerriers a maîtrisé les sens.

  La question était bien naturelle;
Mais y répondre avec sincérité
Était peu sûr; car de la vérité
L'aveu pouvait offenser notre belle.
Ne rien répondre augmentait l'embarras :
Lors La Palice, en sage capitaine,
Prend son parti sans retard et sans gêne :
« Ah ! pardonnez à d'imprudens éclats,
» Belle comtesse, et ne nous grondez pas :
» Dans la forêt et dans ses verts asiles
» Nous poursuivions la biche aux pieds agiles;
» Sotomayor, élevant ces débats,
» Osait braver...... Cette race espagnole,
» Dans ses désirs est indiscrète et folle;

» Il prétendait seul se soustraire aux lois

» Qui des chasseurs règlent toujours les droits:

» Il se targuait de sa fière injustice:

» Bayard allait punir son vain caprice. »

Comme il mentait ce brave La Palice!

Mais il faut bien l'excuser cette fois,

Puisqu'enfin Laure admet son artifice.

De tous ces preux les regards enflammés,

Qu'elle aperçoit tout en baissant la vue,

Portent le trouble en son âme éperdue,

Et d'incarnat ses traits sont animés.

Ainsi, de l'astre adoré par le mage,

Les feux puissans ont coloré la fleur

Qui languissante à l'ombre du feuillage,

Reprend bientôt vie, éclat et fraîcheur.

En retournant vers son château gothique,

Elle se fait un généreux effort

Pour éviter le regard sympathique

Du bon Bayard, dont l'œil, avec transport,

Cherche ses yeux pour règle de son sort.

Que va pourtant faire Laure inquiète?

Recevra-t-elle enfin dans sa retraite,

Ces jeunes preux que la faim et l'amour
Également tourmentent tour-à-tour ?
S'affranchissant des lois hospitalières,
De son château leur fermant les barrières,
La verra-t-on repousser fièrement
Du nom français la gloire et l'ornement ?
Chez son époux souvent leur troupe aimable
Fut rassemblée ; elle les connaît tous ;
Mais son serment à l'ombre d'un époux !
Ses vœux, son deuil, la douleur qui l'accable,
Tout la remplit d'un trouble inexprimable.
  Elle marchait l'esprit irrésolu,
Quand du château chevalier inconnu
S'avance en hâte. (Agrippa nous atteste
En cet endroit de ce cas merveilleux,
Dont il se montre un des acteurs fameux
En même temps qu'historien modeste,
Que l'inconnu montait un coursier noir ;
Que noirs étaient sa lourde soubreveste,
Son bouclier, son casque, et tout le reste ;
Que de son cou descendaient en sautoir
Deux diablotins à figure funeste ;

Bref, qu'il était épouvantable à voir.)

    Sans dire mot, et visière baissée,

Devant nos preux, à l'ardeur empressée,

Le chevalier s'est arrêté soudain;

Et sur l'arène, avec sa longue lance,

Artistement il trace un cercle immense;

Puis, se rangeant à côté du chemin,

Lance en arrêt, il se met en défense,

Prêt à percer celui dont l'imprudence

Voudrait franchir ce périlleux terrain;

D'un geste fier à tous faisant comprendre

Que de céans il est maître absolu,

Et que l'objet qui blessa leur cœur tendre

Pour leur amour est à jamais perdu.

Les chevaliers, dans leur vive surprise,

(Le cercle est juste au-devant du château),

Ont contemplé ce prétendant nouveau,

Et de bon cœur ri de son entreprise.

Lors, pour narguer le fantasque guerrier,

Sur le terrain s'élançant le premier,

D'un pied moqueur, l'imprudent La Palice

Veut effacer le cercle avec malice.

                       3.

Mais aussitôt (effet prodigieux
Du grand pouvoir de son sceptre d'ébène,
Et de trois mots brefs et mystérieux
Que l'inconnu, d'une voix souterraine,
A prononcé !) le jeune et digne preux
S'écrie : « Eh ! quoi ? qu'ai-je vu ? justes cieux !
» A cheval ! vite ! un barbare l'entraîne !
» Mon cheval, dis-je. » Attentif à ses vœux,
Son écuyer à l'instant le lui mène ;
Et de ses pieds frappant la molle arène,
Bride abattue et l'éperon au flanc,
Vers la forêt le coursier prend l'élan.
Vers La Palice avaient couru Sabran,
Et La Trémoille, et Durfort, et Narbonne,
Pour apaiser l'ire qui les étonne ;
Mais tous les quatre, au charme suborneur
Cédant de même, enfourchent en fureur
Leur destrier que l'acier aiguillonne,
Et qui paraît partager leur ardeur.

    Les autres preux, dans le cercle perfide
A peine entrés, en éprouvent l'effet,
Et se penchant sur leur coursier rapide,

Ils se sont tous lancés vers la forêt :

« Ah! » s'écriait Bayard dans sa colère,

« Lâche guerrier! d'une infâme action

» Tu vas bientôt recevoir le salaire !

» Tu sentiras mon indignation !

» En ma présence oser enlever Laure!

» J'accours à toi, digne objet que j'adore!

» J'entends tes vœux et tes cris déchirans!

» Allons, Fédor, mon compagnon fidèle,

» Montre aujourd'hui ta vigueur et ton zèle. »

Disant ces mots, il plonge dans les flancs

Du fier coursier qui bondit sur l'arène,

A coups pressés ses éperons brillans,

Et le remplit du courroux qui l'entraîne.

Ne vites-vous jamais dans les déserts

L'aigle rapide, à la tranchante serre,

D'une aile immense il fait gémir les airs,

Et d'un seul bond s'abattant sur la terre,

Porte aux troupeaux l'épouvante et la guerre;

Ainsi Bayard vole le glaive en main.

Des chevaliers le redoutable essaim

Sans s'arrêter jusqu'à Vilpair s'élance, (1

En menaçant de sa juste vengeance
Le ravisseur qui rit de leur dessein
Et qui sur eux ne conserve d'avance
Que pour nourrir un espoir incertain
Et pour ne pas tomber en leur puissance.

Un carrefour où six chemins divers
En longs rayons divisent le feuillage,
Redouble encor leur ardeur et leur rage,
Et tout-à-fait met leur tête à l'envers.
« De ce côté, s'écriait La Palice,
» Je vois le traître ! — Eh ! non ! c'est par ici, »
Avec humeur répond Montmorency :
» — Ah ! quelle erreur, ou quel triste caprice ! »
Dit La Trémoille : « Elle est là, devant moi !....»
D'Escars reprend : « Vous vous moquez, ma foi !
» Dans ce chemin Laure gémit et pleure :
» J'y cours !— Parbleu ! vous perdez bien vos pas ; »
Criait Sabran : « Ne la voyez-vous pas
» Dans celui-ci ? C'est bien elle, ou je meure !
» — Vous avez tous l'esprit ensorcelé, »
Disait Bayard qui, bouillant de colère,
Droit devant lui sur la verte carrière

Avec Fédor comme un trait a volé.

   Chacun enfin, pareil à la tempête,
Les yeux trompés par le charme puissant,
Dans la forêt s'enfonce en frémissant,
A haute voix criant : « Arrête ! arrête !
» Ou tu païras ton crime de ton sang ! »

   Laissons-les tous courir à perdre haleine,
En sens divers dans la vaste forêt,
Et revenons à cet aimable objet
Qui les enflamme et qui les met en peine.

   Laure, tremblante, est rentrée au château :
« Ah ! disait-elle, étonnée, interdite,
(De son balcon elle observait leur fuite)
» Quel est l'objet de ce transport nouveau ?
» Et de ces preux, l'ornement de la France,
» En un clin-d'œil quelle triste influence
» A donc ainsi dérangé le cerveau ?
» Quoi ! ce Bayard si vaillant et si sage,
» Si bon surtout, et qui seul aurait pu
» De la douleur en ce cœur éperdu,
» Peut-être un jour dissiper le nuage,
» Plein de fureur, et malgré tout l'effroi

» Que m'a causé cet inconnu funeste,

» Il m'abandonne ! il s'enfuit loin de moi,

» Et me témoigne un mépris manifeste ! »

Pensive, ainsi disait Laure en son cœur.

　　Mais Alicie est encor plus émue :

Le jeune Harcourt avait frappé sa vue,

Et d'un regard dans son âme ingénue

Vient d'allumer une naissante ardeur :

Ainsi se prend la colombe éperdue

Dans les filets que l'habile oiseleur

N'avait tendus, près d'un appât trompeur,

Qu'à l'aigle altier et rival de la nue.

Tout en cédant au trait sûr et vainqueur,

La jeune amante éprouve un peu d'humeur;

De ce départ elle ressent l'injure,

Et cette humeur paraît sur sa figure.

　　De Laure enfin les yeux avec frayeur

Se sont portés sur la haute stature

De l'étranger, auteur de l'aventure,

Et qui, fantôme à l'aspect plein d'horreur,

Au même endroit, sur sa noire monture,

Fixe, immobile, en la même posture,

Semblait des preux observer la fureur
Et triompher de leur fatale erreur.
   Dès qu'il a vu leur troupe frémissante
De la forêt reprendre le chemin,
Notre enchanteur (car il est bien certain
Que c'en est un à pratique étonnante)
Met brusquement pied à terre, et soudain
Frappant les airs de sa voix imposante :
« Ardens lutins, invisibles sujets
» Que j'appelai pour servir mes projets, »
S'écria-t-il : « sous une feinte image,
» Continuez d'égarer le courage
» De ces guerriers, mes mortels ennemis;
» Dispersez-les en de lointains pays.
» Que chacun d'eux, à son lutin en proie,
» Marche, d'erreur, de vertige frappé;
» Et qu'à l'envi chacun de vous déploie
» Charme puissant d'horreur enveloppé.
» Allez, volez, et contentez ma haine.
» Vous, gnomes lourds, à ma voix souveraine
» Embellissez ce rustique domaine :
» Nés pour servir sous ma suprême loi,

» Ne connaissez de maître ici que moi. »

   Il a parlé. La cohorte invisible

Qui près de lui se trouve en ce moment,

Agite l'air d'un sourd frémissement,

Et lui dit : « Tout avec nous t'est possible;

» Car ton serment à Scemhemmaphoras, (a

» Le grand esprit de la docte cabale,

» Que les mortels en vain n'invoquent pas,

» Et qui rôtit chez la horde infernale,

» Nous a rangés, pour un temps convenu,

» Sous le pouvoir à tes vœux dévolu.

» Sois donc certain de notre obéissance.

» Esclaves nés de ce puissant esprit,

» A tous sorciers lui-même il nous soumit,

» Si du grand pacte ils gardent l'observance.

» Ta fermeté, ton audace nous plaît :

» Quand on a peur, on sent notre vengeance;

» Un fier tyran nous dompte et nous soumet.

» A notre maître offre ta redevance. »

   Contre les flancs du lugubre coursier,

Tournant alors sa lance meurtrière,

Notre enchanteur l'étend sur la poussière

Et dit : « Je t'offre au démon familier
» Dont j'ai reçu la magique lumière. »
En hennissant, l'étrange destrier
A disparu comme vapeur légère,
Mais d'un sang noir a couvert tout entier
Le formidable et farouche guerrier :
Ce sang à peine inonde son armure
Que l'inconnu de l'affreuse souillure
Sort tout-à-coup, beau, jeune, radieux,
Démarche noble et maintien gracieux,
Et d'heureux dons comblé par la nature ;
La pourpre et l'or, le saphir précieux,
Le diamant, composent sa parure ;
Toque d'argent au panache onduleux
Couvre sa tête, embellit sa figure :
Tel apparut à la reine d'amour
Cet Adonis, beau comme le beau jour.
    De son balcon, à ce spectacle ému,
Lauré se trouble et frémit à sa vue,
Comme un chasseur rencontrant sous ses pas
Le long serpent de qui la langue aiguë
Siffle, s'allonge et lance le trépas.

        I.   4

« C'est lui ! » dit-elle : et fuyant éperdue,

Dans sa terreur près d'expirer, hélas !

Elle chancelle et tombe dans les bras

De sa cousine à ses cris accourue.

FIN DU CHANT II.

NOTES

DU CHANT II.

---

1) PAGE 31, VERS 22.

Des chevaliers, le redoutable essaim
Sans s'arrêter jusqu'à Vilpair s'élance.

La croix Vilpair, entre Rambouillet et le village de Saint-Léger. Je ne réponds pas que les six chemins dont je parle existassent alors comme aujourd'hui; c'est aux savans à vérifier le fait.

2) PAGE 36, VERS 6.

Car ton serment à Scemhemmaphoras,
Le grand esprit de la docte cabale.

Ce nom baroque de Scemhemmaphoras n'est pas de mon invention; je l'ai trouvé dans le *Traité des Superstitions*, du docteur Thiers. Il le cite, si ma mémoire ne me trompe pas, et si je l'ai bien compris, comme un des génies qu'invoquent les devins et les sorciers, avec d'autres noms cabalistiques. J'en fais le chef invisible des prétendus peuples élémentaires. Je me flatte que les savans cabalistes ne me chicaneront pas sur mon système, qui est tout aussi raisonnable et tout aussi sérieux que le leur, et que d'ailleurs je tâche de suivre autant que mon ignorance et mon sujet me le permettent.

FIN DES NOTES DU CHANT II.

CHANT III.

LE SYLPHE.

NE vous moquez, mes amis, je vous prie,
Ni des lutins, ni des esprits follets,
Ni des grands coups de la sorcellerie,
Ni des grands mots aux magiques effets;
N'insultez pas surtout, fiers incrédules,
En le jugeant du haut de vos scrupules,
Au merveilleux, mais réel univers
Que je révèle et célèbre en mes vers;
Sachez qu'il est en la terrestre sphère,

4..

Un peuple immense et de penchans divers,
Peuple invisible aux regards du vulgaire :
Méchans ou bons, suivant qu'on sait leur plaire,
Sylphes légers voltigent dans les airs;
Gnomes épais, à l'humeur débonnaire,
Creusent la mine aux portes des enfers :
Le feu subtil recèle salamandres,
Êtres légers, entreprenans et tendres;
De ces esprits les plus nombreux essaims,
En même temps que les plus redoutables,
Et qu'on assure être cousins des diables,
Pour leurs méfaits sont appelés lutins :
Fleuves et mers enferment les ondins,
Au front humide, aux formes variables :
N'allez donc pas traiter ceci de fables,
Et dépouillez vos superbes dédains;
Craignez qu'un jour, vous tirant par l'oreille
Pour vous punir de vos ris orgueilleux,
Maris trompés dont la crainte sommeille,
Quelque lutin ou sylphe officieux,
Sur vos moitiés ouvrant enfin vos yeux,
D'un doux repos, hélas ! ne vous réveille.

Mais que me font tous vos discours moqueurs ?
Il me suffit qu'un sexe que j'adore
Croye à mes vers comme à nos enchanteurs,
Et m'accordant un souris que j'implore,
M'aide du Pinde à gravir les hauteurs :
C'est donc à vous, source aimable et féconde
De nos plaisirs, doux ornement du monde !
Charme des yeux, de l'esprit et des cœurs !
Objets constans d'ineffables ardeurs !
Oui, c'est à vous que j'offre cette histoire,
Par moi transcrite en votre honneur et gloire.

    Vous avez vu Laure trembler, frémir,
Près d'expirer à la seule présence
Du beau guerrier qui vers elle s'avance,
Et dont l'audace égalant la puissance
Lui fait, hélas ! justement pressentir
Les attentats, peut-être la vengeance.
Elle revient pourtant à l'existence ;
Mais ce mortel, qu'elle a droit de haïr,
A respecté sa tacite défense.
De ce salon s'exila-t-il d'avance ?
Elle se lève et court vers le balcon ;

Observe tout, chemin, cour et perron;

Il n'est plus là; quel bonheur, quelle joie,

S'il avait fui pour jamais de ces lieux!

Elle voulait s'en convaincre encor mieux;

Mais quel spectacle à ses yeux se déploie!

Tout est changé: de superbes canaux

Ont embelli de leurs limpides eaux

De Rambouillet la modeste demeure;

Et ce séjour qui n'était tout-à-l'heure

Que champs et prés de bruyères couverts,

Est devenu l'orgueil de l'univers.

  Urbain, charmé de la métamorphose,

Ne sait comment en expliquer la cause;

Mais il l'a vue, et d'un pas empressé

A parcouru déjà tous ces prodiges.

« Ce ne sont point chimères et prestiges, »

Dit-il à Laure, « et j'ai l'esprit sensé :

» Ce que j'ai vu, je l'ai bien vu, Madame;

» Venez vous-même, et sachez qu'aujourd'hui

» Un astre heureux sur votre tête a lui.

» Chassez surtout la frayeur de votre âme :

» L'objet fatal de votre aversion

» A disparu de cette vaste enceinte,

» Et vous pouvez vous y montrer sans crainte ;

» C'est un sorcier plein de discrétion,

» Ou pour mieux dire il s'est rendu justice,

» Et tout honteux d'un coupable artifice,

» Cet insolent........ » Une invisible main

A tout-à-coup, à l'indiscret Urbain,

Droit sur le nez, de fière chiquenaude

Fait ressentir le choc rude et soudain

Qui le rend blême et la face penaude.

Urbain comprend, par ce signe certain,

Que l'enchanteur et toute sa sequelle,

Sans se montrer, font ici sentinelle,

Et qu'il ne faut mal parler du prochain.

De questions Laure en vain le tourmente,

Notre écuyer est devenu muet;

Ou s'il répond, c'est de façon prudente,

Car il sent bien que la main pétulante,

A chaque phrase un peu trop mal sonnante,

Agite en l'air un vigoureux soufflet.

    Laure étonnée et pourtant curieuse,

Prête à sortir, l'œil avide, avant tout

Veut explorer l'élégance pompeuse
De son château qu'embellit tout-à-coup
La riche main du génie et du goût.
Dans un salon, sa constante tendresse
Trouve à nourrir une juste douleur :
Du noble époux qu'elle pleure sans cesse,
Le portrait frappe et ses yeux et son cœur :
« Oui ! c'est bien lui, dit Laure avec tristesse;
» Ce sont ses traits, sa bonté, sa douceur ! »
Sur une table elle aperçoit un buste
Que l'art forma d'un albâtre éclatant :
« C'est encor lui ! c'est ce sage ! ce juste
» Que je regrette, hélas ! que j'aime tant !
» Oui, cher époux, je te serai fidelle,
» Je le promets encor, jusqu'au trépas !
» Jamais ! jamais une flamme nouvelle
» Ne me fera passer en d'autres bras.
» Je te conserve une foi toujours pure !
» A ton image en ce moment je jure
» De consacrer..... — Laure, ne jurez pas ! »
Dit une voix douce, argentine, tendre,
Qui se fait lors distinctement entendre;

« Ne jurez pas, Laure! Laure! » Et ce son
Est répété de salon en salon.

   Elle s'arrête; interdite et confuse,
Elle ne peut achever son serment ;
Au plus secret de son appartement
Elle veut fuir cette voix qui l'accuse,
Et renonçant à sortir du château,
De son époux va revoir le tombeau.

   Mais le sommeil à la fin la réclame.
Sur une couche élevée à grands frais,
Tâchant enfin de raffermir son âme
Contre l'effroi des magiques effets,
Elle a déjà reposé ses attraits.
Aux quatre coins de ce lit magnifique,
De son époux le portrait est sculpté :
La contemplant d'un œil mélancolique,
Au ciel du lit il est représenté.
   Le lendemain, au lever de l'aurore
Elle s'élance au milieu des jardins,
Veut admirer ces beautés qu'elle ignore,
Et contempler ces prodiges divins.
Dans chaque allée et dans chaque avenue,

De son époux se montre la statue :
L'art a si bien su rendre tous ses traits,
Qu'il semble vivre et respirer le frais.

    « C'est singulier ! » dit la jeune Alicie,
Qui sous le bras tenait sa tendre amie :
« Quel est le but de cet audacieux
» Dont le pouvoir se déploie à nos yeux ?
» L'impertinent ! en sa rare manie
» Il..... » Tout-à-coup deux invisibles doigts
Serrant le bout de ses lèvres de rose,
Interceptant sa pensée et sa voix,
Obstinément tiennent sa bouche close ;
Elle voudrait crier, mais elle n'ose.
Décidément l'enchanteur aujourd'hui
(Sur autre objet il veut bien que l'on glose)
Ne permet pas qu'on parle mal de lui :
On s'y résigne ; et Laure, curieuse,
Dans un esquif sur l'onde paresseuse,
Des longs canaux parcourant les contours,
Va d'île en île, et retrouve toujours
D'un noble époux l'image douloureuse :
De plus en plus elle devient rêveuse.

Cygnes nombreux devant l'esquif léger
En se jouant s'empressent de nager.
Pour égayer notre belle inquiète.
D'un pain mollet que Laure entre ses doigts
Brise en riant et doucement leur jette,
D'un bec avide ils tentent la conquête,
Et le butin demeure aux plus adroits.

Un site agreste, aux sauvages approches,
Plus loin contraste avec ces lieux où l'art
Dans sa splendeur règne de toute part :
Son nom vulgaire était l'*Ile des Roches*.
Laure en ces lieux foule un sable mouvant ;
D'un pied rapide avec grâce elle avance ;
Un roc grisâtre et battu par le vent
Offre une grotte où règne le silence.

Elle y pénètre, et son obscurité
Charme ses yeux fatigués de clarté.
Elle s'assied. Bientôt de ce lieu sombre,
Plus dilaté, son œil a percé l'ombre :
Elle aperçoit au fond de l'antre obscur
Son digne époux, que le ciseau fidèle
A figuré d'un marbre blanc et dur,

5

Et qui semblait, fixant les yeux sur elle,
Lui demander amour constant et pur.
« Encor ! » dit Laure en se levant bien vite,
Et prononçant ce mot avec humeur.
Hors de la grotte elle se précipite,
Rentre au château, s'y renferme, et son cœur
Cherche à calmer le dépit qui l'agite.

     Elle était seule. « Eh bien ! avais-je tort
» Quand je blâmais un imprudent transport ? »
Dit cette voix qui s'était fait entendre,
Lorsqu'animé d'un souvenir trop tendre
Son cœur voulait, par un sublime effort,
Ne plus aimer et vivre pour un mort.

     « Laure, écoutez conseils de qui vous aime
» Et vous connaît à fond plus que vous-même.
» J'ai le secret de rendre un cœur heureux,
» Mais à ma voix il faut régler vos vœux.
» A mes avis prêterez-vous l'oreille ?
— « Oui, » répond Laure en poussant un soupir
Et s'efforçant toujours de découvrir,
D'un œil craintif, l'auteur d'une merveille
Qu'elle ne peut nier, ni définir :

« — Ne cherchez point à me voir; ma substance
» Échappe aux yeux : je suis auprès de vous,
» Sur ce sopha d'un tissu fin et doux;
» A vos côtés je voltige en silence;
» De temps en temps je suis sur vos genoux,
» Sur votre épaule, à votre oreille, et j'ose
» Dans votre sein où souvent je repose,
» M'insinuer malgré vos soins jaloux.
   » Vous avez vu bien des prodiges, Laure,
» Dans ce séjour; vous en verrez encore :
» Mais, sachez-le, je n'en suis point l'auteur;
» Je suis pour vous un sylphe protecteur.
» Calmez-vous donc. En votre erreur extrême,
» N'avez-vous pas trop compté sur vous-même?
» De votre cœur le faste conjugal
» De vingt amans repoussait la tendresse :
» Vous aviez tort, Laure! c'était fort mal !
» D'un tendre amour pourquoi craindre l'ivresse ?
» Il fallait faire un choix : vous l'avez fait.....
» Quelle frayeur vient agiter votre âme
» A ce discours? Oui, l'amour vous enflamme;
» De votre cœur je connais le secret.

» — O ciel! pour vous rien n'est donc un mystère?»
S'écria Laure étonnée et baissant
Des yeux confus dont le trouble croissant
Cherchait à fuir un juge trop sévère.
« — Encore un coup, dissipez votre effroi,
» Et sans soupçon confiez-vous à moi.
» Je ne suis point, Laure, un sylphe ordinaire, (1
» Sujet encore à la Parque sévère
» Comme l'essaim du peuple élémentaire
» De qui le sort par une dure loi
» Voulut borner l'invisible carrière.
» Nous tendons tous à l'immortalité.
» Pour parvenir à ce but souhaité;
» Nation tendre en qui l'amour domine,
» (Et parmi nous la race féminine
» Existe aussi, comme chez les humains)
» Il faut par eux en chercher les chemins.
» La femme au sylphe, et l'homme à la sylphide,
» Peuvent offrir ce présent précieux :
» A ces hymens le mystère préside,
» Et nous avons le privilége heureux,
» Pour obéir au penchant qui nous guide,

» De revêtir, ou les traits gracieux

» De la beauté que l'on encense à Gnide,

» Ou les attraits dont le bel Adonis

» Était orné pour enchanter Cypris.

» Fidélité, flamme innocente et pure,

» Nous font asseoir au rang de nos élus;

» Nous revêtons précieuse nature,

» Et, race à part, nous ne redoutons plus

» Des fiers sorciers la loi fatale et dure :

» Reconnaissans de tant de dons reçus,

» L'espèce humaine a droit à nos services;

» Nous lui rendons loyaux et bons offices,

» Et lui vouons zèle et soins assidus;

» Mais au grand but si notre âme rebelle

» Souille des nœuds secrets et pleins d'appas,

» Nous retombons, par sentence cruelle,

» Sous le pouvoir de Scemhemmaphoras;

» Et l'homme impur ou la femme infidèle

» Sont en lutins changés à leur trépas.

» Rendez donc grâce à votre étoile heureuse

» Qui vous confie à ma foi généreuse.

» Bien que je sois fort occupé, vraiment,

» (Car de beautés foule immense et nombreuse

» Sous ma tutelle étant incessamment,

» L'une à Paris, mérite réprimande;

» Pour l'arracher à quelqu'écart nouveau,

» L'autre à Pékin, un avis me demande;

» Il faut partout que j'éclaire ou gourmande:

» C'est un tracas à troubler le cerveau);

» Bien que je sois, dis-je, affairé, ma chère,

» N'importe, usez de mon sûr ministère.

» De mon secours quand vous aurez besoin,

» Appelez-moi: de près, comme de loin,

» Je volerai vers vous pour vous complaire.

» Rappelez-vous que j'ai nom Zimiel.

» —Vous habitez, sans doute, dans le ciel? »

Reprend alors Laure, un peu moins tremblante.

« —Que vous importe?—Ah! comblez mon attente!

» Expliquez-moi par quel magique effet......

» —Il n'est pas temps: c'est encore un secret:

» Vous le saurez. —Mais sous quelle influence

» Suis-je en ces lieux?—Courage, confiance!

» Par-dessus tout, Laure, discrétion.

» —Mais de vous voir donnez-moi l'espérance!

» Quand vous verrai-je enfin?... » Un long silence
(Elle écoutait avec attention)
Fut la réponse à cette question.
Laure attendit long-temps. La nuit plus sombre
Enveloppant le château de son ombre,
La belle invoque un bienfaisant repos,
Et le sommeil lui verse ses pavots.

FIN DU CHANT III.

NOTE

DU CHANT III.

---

1) PAGE 52, VERS 7.

Je ne suis point, Laure, un sylphe ordinaire,
Sujet encore à la Parque sévère .
Comme l'essaim du peuple élémentaire...

Si on voulait avoir une idée du système cabalistique, on pourrait lire le *Comte de Gabalis*, par l'abbé de Villars; un petit volume imprimé au commencement du dernier siècle, et qui paraît assez rare maintenant. C'est là que j'ai puisé toute mon érudition en fait de cabale. Je n'en avais moi-même qu'une idée confuse, et j'avoue que j'ignorais l'existence du spirituel ouvrage de cet abbé. C'est à l'amitié de M. Amar, savant et littérateur plein de mérite, et dont on n'invoque jamais sans utilité et sans fruit les services, les lumières et le goût, que j'en dois la connaissance.

FIN DE LA NOTE DU CHANT III.

CHANT IV.

LA PARTIE DE CHASSE.

Mais cependant, aux champs de Lombardie,
De Sforce enfin la fortune enhardie
Ose braver le monarque français;
Et s'appuyant sur la fière Helvétie,
Déjà sourit à ses heureux succès.
L'adroit Lombard, comme il vous fut notoire
Au premier chant de cette noble histoire,
Joignant la ruse aux apprêts meurtriers,
Pour égarer nos braves chevaliers,
D'un enchanteur invoqua le grimoire.

Vous l'avez vu, ce puissant enchanteur,
Faire l'essai de son sceptre vainqueur :
Il en prendra bien d'autres dans ses piéges !
Et des guerriers qui menacent Milan,
Il compte encor, par savans sortiléges,
Tromper l'audace et retarder l'élan.
Ce grand sorcier, qui s'est rendu le maître
Dans Rambouillet, comme je vous ai dit,
N'aurait-il pas encore un but ? Peut-être.
Un peu plus tard, si vous voulez permettre,
Je reprendrai le fil de ce récit.

Pour le moment, parlons du roi de France,
Dont l'enchanteur aussi dans les plaisirs
Voudrait sans doute enchaîner la vaillance.
Beau, jeune, aimable, et fier de sa puissance,
Aurait-il mis un frein à ses désirs,
Et de Randan respecté l'innocence ?
Pas tout-à-fait. Le royal amoureux,
De Rambouillet apprenant l'aventure,
Qu'à son oreille un bruit malin murmure,
Voyant bien loin tous les plus dangereux
De ses rivaux (car l'amour nous assure

Que les rois même ont des rivaux heureux),
Veut attendrir la douce créature
Pour qui son cœur sent si vive blessure,
Et voir enfin si ce traître d'amour
Sera pour lui plus propice en ce jour.

Sans exciter les soupçons de sa cour,
Le jeune roi sait d'un prétexte honnête
Couvrir les soins du bonheur qu'il s'apprête :
« Allons, amis, préludons aux combats, »
Dit-il aux preux que sa faveur signale,
« En poursuivant dès l'aube matinale
» L'hôte des bois qui s'enfuit à grands pas.
» A moi! Brissac, Choiseul, Duras, Noailles,
» Béthune, Uzès, Périgord et Saintrailles;
» Du lourd épieu chargez vos nobles bras.
» A l'œil du preux si Diane a des charmes;
» C'est que de Mars rappelant les alarmes,
» Elle l'arrache aux langueurs du repos,
» Et le prépare aux périls des héros.

» Toi, Bonnivet, mon maître en l'art de plaire, »
Poursuit tout bas le prince avec mystère;
« Sois attentif et toujours près de moi,

6

» Car, entre nous, j'aurai besoin de toi. »
Il dit. Bientôt la troupe leste et fière,
Et qui grossit à l'appel de son roi,
Du vieux Paris a franchi la barrière.

 Vers Saint-Léger le rendez-vous était;
Or, ledit lieu n'est loin de Rambouillet.
(Remarquez bien ceci, par parenthèse.)
En approchant de ce divin objet,
Pour qui son cœur est vraiment tout de braise,
Le bon François ne se sentait pas d'aise,
Et confiait tout bas à Bonnivet
Avec transport son amoureux projet.
Il voulait donc dans ces bois, au plus vite,
Se fourvoyant, de sa cour délivré,
Aux yeux de Laure, en chasseur égaré,
S'offrir enfin et demander le gîte.

« C'est bien penser, » dit Bonnivet au roi;
» Marchons toujours, et fiez-vous à moi,
» Sire; je vais, et sans qu'il y paraisse,
» Guetter l'instant qu'attend votre tendresse:
» Il faut savoir le saisir à propos. »
Lors se penchant vers l'oreille attentive

Du grand veneur, et les yeux demi-clos
Comme quelqu'un que le sommeil captive,
Mais qui voudrait combattre ses pavots,
Tout en trottant il lui glisse ces mots :
« Le roi, Monsieur (soyons sur le qui-vive,
» Et n'ayons l'air d'être d'accord tous deux),
» Veut s'égarer, et pour cause, en ces lieux :
» Pour que le cas plus promptement arrive,
» Faisant soudain crier tayaut là-bas,
» D'un feint désordre élevant l'embarras,
» Bien loin du roi portez-vous à grands pas :
» Il veut aller seul en bonne fortune,
» Dans le château de la belle Randan;
» Délivrons-le d'une foule importune,
» Et de l'amour secondons le doux plan.
» — C'est entendu, » répond avec mystère
Le grand-veneur, « et vous m'allez voir faire. »
Près de ses gens il court au grand galop :
» Suivez-moi tous, dit-il : Tayaut ! tayaut !
» — Mais ce n'est rien, répond-on.—Imbécile !
» Crier tayaut est-il donc difficile ?
» Criez bien fort, et suivons ce chemin :

» Notre bon roi poursuit un autre daim. »

　Le roi pourtant, plein de son doux martyre,

Sans se douter de cette attention,

De gagner champ saisit l'occasion,

Et du hasard bénit l'heureux empire.

　Mais le secret de son discret amour

Courait les bois avec toute sa cour :

Le grand-veneur eut soin de l'en instruire,

Tout en priant bien fort de n'en rien dire :

Secrets de rois sont nuages en l'air.

A ses veneurs il criait : « Par l'enfer!

» Si quelque langue indiscrète ou frivole

» Laisse échapper une seule parole

» Sur ce bonheur où notre bon roi vole,

» Je vous l'occis sur-le-champ de ce fer! »

　Le roi s'élance où l'amour le convie,

Et le voilà déjà sur la prairie

Où Laure a vu le terrible Bayard,

Au fer agile, au foudroyant regard,

Du Castillan près de trancher la vie;

Et son coursier, par un élan nouveau,

Porte le roi dans la cour du château.

Un bon buveur qui boit à la futaille,
Un écolier qui, voyant de beaux fruits,
Pour les manger franchit une muraille;
Un jeune auteur qui remporte le prix,
Une beauté qui s'égale à Cypris,
Un général qui gagne une bataille,
Ont-ils senti pareil ravissement
Que n'en montra notre royal amant
Lorsqu'il se crut près de l'objet charmant
Pour qui l'amour l'embrase et le travaille!
    Mais, ô revers! ô sort capricieux!
Qu'aperçoit-il en descendant de selle?
Quel appareil se présente à ses yeux?
Avec sa cour, au maintien sérieux,
La reine Claude!—Elle n'était pas belle, (a
Mais elle était bonne et spirituelle,
Jalouse un peu. La reine Claude, enfin,
Avait du roi pénétré le dessein,
Et prétendait de sa flamme infidèle
Préserver Laure en accourant près d'elle.
    Vingt palefrois ornés de pourpre et d'or,
Dès le matin, en un rapide essor,

6...

Qui sur le roi lui donne longue avance,
A Rambouillet, servant son espérance,
Ont transporté son léger escadron.
La bonne reine avait vu, du balcon,
Son noble époux accourant hors d'haleine,
Et d'un air gai, prévenant et sans gêne,
L'était venu recevoir au perron.

Le roi, surpris, croit avoir la berlue,
Frotte ses yeux, et jure entre ses dents :
« Cher Bonnivet! c'est la reine! ou ma vue
» Me trompe fort : que fait-elle céans? »
Il joint bientôt sa compagne royale :
« Quel soin nouveau vous rend si matinale,
» Et de Paris vous a fait accourir? »
Lui dit soudain le très chrétien monarque,
Qu'un vif dépit, que sa moitié remarque,
A tour-à-tour fait rougir et pâlir.
« Vous le saurez, » répond Claude avec grâce ;
» Mais, avant tout, il faut qu'un bon repas
» De la fatigue efface en vous la trace :
» Quand on s'égare, et surtout à la chasse,
» On meurt de faim et l'on n'écoute pas ;

» Et j'ai besoin que mon époux aimable
» Prête à mes vœux oreille favorable :
» De l'étiquette écartant l'embarras ;
» A l'instant même allons nous mettre à table ;
» Car Laure a su, prompte autant qu'honorable,
» Pourvoir à tout par ses soins délicats. »

Le bon François pestait au fond de l'âme :
Comme pourtant il respecte sa femme,
De ses vertus estime la candeur,
Et ne veut pas, lui montrant de l'humeur,
Laissant percer son infidèle flamme,
Scandaliser sa royale pudeur,
Et mériter que Laure aussi le blâme,
Il se résigne, et présente gaîment
Un bras propice à la maligne reine,
Qui rit tout bas de sa secrète peine,
Et qui parfois lui sourit tendrement :
Reine ou bergère on aime la vengeance.

A table enfin on s'assied en silence ;
La reine Claude auprès de son époux ;
Vis-à-vis d'eux leur cour aimable, et Laure
De qui l'aspect charme les yeux de tous,

Et dont le front d'incarnat se colore.

En vrai chasseur le monarque dévore,
Largement boit, jette discrètement
Regard d'amour sur l'objet qu'il adore,
Et de la reine évite adroitement
Les yeux malins qui l'observent encore :
Telle Junon, à la table des dieux,
D'un œil jaloux voit le maître des cieux
Lorgner Hébé qui lui présente à boire :
Pourtant avec différence notoire,
C'est que Junon, fière de ses appas,
Revêche était; Claude ne l'était pas.
A son époux, en discrète personne,
Écarts nombreux sa tendresse pardonne :
« Sire, » dit-elle en voyant que du roi
La faim s'apaise et le dépit s'efface,
(D'époux aimable il s'impose la loi :)
« Oui, mon amour sollicite une grâce :
» Laure, que j'aime, en est le digne objet. »
A ce propos, plein d'un trouble secret,
Le jeune roi compose son visage
Et se contient encore en homme sage :

« Randan fut cher à votre cœur royal, »
Poursuit la reine, « et sa charmante veuve,
» Qui d'un long deuil s'est imposé l'épreuve,
» Sut m'inspirer un intérêt égal.
» Je veux enfin qu'elle sèche ses larmes,
» Et qu'à ma cour, faisant briller ses charmes,
» Elle y choisisse un jeune et tendre époux,
» Chéri, doté par moi-même et par vous.
» —Oui... mais... ce choix est déjà fait peut-être, »
Répond le roi, dont le dépit croissant
De plus en plus fait bouillonner le sang :
« Belle Randan, pourrions-nous le connaître ? »
   Laure rougit et tremble à ce discours.
Un juste orgueil lui prêtant son secours,
Elle a repris une noble assurance,
Et dit enfin : « A ma reconnaissance,
» Par ses bontés, la reine a bien des droits ;
» Mais si son cœur daigne écouter ma voix,
» Je lui dirai qu'à mon obéissance
» Elle devrait imposer d'autres lois,
» Et ne me pas forcer à faire un choix
» Dont me préserve encor la Providence.

» Que dis-je, hélas! n'est-il pas fait d'avance?
» Ce digne époux qu'un rigoureux trépas
» Vint m'arracher, fut, et même est encore
» L'unique objet....—Laure! ne mentez pas! »
Dit une voix que reconnaît bien Laure.
A ces accens, qui lui percent le cœur,
Elle s'arrête, et sa langue glacée
Essaie en vain de rendre sa pensée.
Tel à l'aspect d'un sage précepteur
Qui lui surprit l'aveu d'une malice,
Ce jeune enfant, au mensonge novice,
Baisse, confus, un œil plein de frayeur,
Garant certain de son propre artifice.

Laure se trouble en voyant que la cour
Cherche des yeux, maligne et curieuse,
D'où peut partir la voix mystérieuse
Qui dévoila le secret de l'amour.

La reine alors (elle était indulgente,
Accorte, bonne et fort compatissante,
Pour Laure avait beaucoup d'affection),
La reine voit sa vive affliction,
Lui tend les bras, et dans son sein auguste

Reçoit les pleurs d'une douleur trop juste.

« Qu'est donc ceci? Vraiment, » disait François,

« Je voudrais bien découvrir quelle voix

» Vient devant nous injurier les dames,

» Et sans égard ose affliger leurs âmes?

» Je punirais cet indiscret propos. »

Le bon monarque, en prononçant ces mots,

Laisse entrevoir le dépit qui l'agite;

Car il sent bien que ce propos fatal

Cache le nom de quelqu'heureux rival;

Mais il se calme, et reprend au plus vite:

« Belle Randan, dissipez ce chagrin,

» Et consentez au désir de la reine:

» Quittez ces lieux où s'accroît votre peine;

» Je veux vous voir à sa cour dès demain.

» Je veux (il dit ces mots avec malice)

» Que ce long deuil par votre hymen finisse.

» Vous le savez, mes braves chevaliers

» Qui vont bientôt, se couvrant de lauriers,

» Près de leur prince affronter les alarmes,

» Sont dans vos fers et brûlent pour vos charmes;

» L'amour à tous leur trouble la raison;

» Chacun prétend vous posséder, vous plaire ;

» Et dans leur cœur, qu'enflamme la colère,

» La jalousie a versé son poison :

» Je crains enfin, s'il faut que je le dise,

» Entre ces preux un funeste débat

» Qui pourrait nuire à l'illustre entreprise

» Que je formai pour l'honneur de l'État.

» Je prétends donc que la discorde cesse ;

» Pour l'étouffer je ne vois qu'un moyen ;

» C'est que bientôt votre honorable hymen

» D'un de ces preux couronne la tendresse,

» Et ravissant aux autres tout espoir,

» Les rende enfin à la voix du devoir.

» Vous vous devez au repos de la France ;

» Et si ce cœur est dans l'indifférence,

» Il faut qu'il laisse à la seule valeur

» Le noble soin d'assurer son bonheur ;

» Que votre main soit le prix du courage,

» Et de l'adresse, et de la loyauté.

» Dans un tournoi, je veux que la beauté

» Du plus vaillant devienne le partage ;

» J'en veux régler le lieu, l'heure et le jour :

» La reine même, avec toute sa cour,

» Présidera cette fête guerrière,

» Et du vainqueur, honorant la bannière,

» Lui remettra le doux prix de l'amour.

» Puis du tournoi, l'école de la gloire,

» Je conduirai mes preux à la victoire;

» Et de Milan les remparts orgueilleux

» S'abaisseront sous mes drapeaux heureux. »

    Ainsi disait le monarque des Gaules.

Il se tirait du pas malencontreux

Où l'avaient mis ses désirs amoureux,

En homme adroit et par sages paroles;

Et rassurait sa royale moitié,

Dont pour Randau il flattait l'amitié,

En se vengeant en même temps de Laure

Et du rival que son dépit ignore.

    A peine a-t-il prononcé son arrêt,

Que l'on entend, au loin, dans la forêt,

Le son du cor qui longuement résonne :

François premier s'élance, comme un trait,

Sur son coursier qu'un écuyer lui donne,

Dit à la reine un adieu fort distrait,

Pique des deux, et près de Rambouillet
Retrouve enfin sa cour qui l'environne.
   « Souvenez-vous des volontés du roi! »
A dit la reine à Laure qui soupire :
« Mais si quelqu'un mérita votre foi,
» Ne craignez rien, et venez m'en instruire :
» Je vous attends. » Lors, sur son palefroi
Elle est montée; et sa cour qui l'imite,
Droit vers Paris s'élançant à sa suite,
A laissé Laure encor pâle d'effroi.

FIN DU CHANT IV.

NOTES

DU CHANT V.

---

1) PAGE 61, VERS 20.

« Toi, Bonnivet, mon maître en l'art de plaire, »
Pouriuit, tout bas, le prince avec mystère,
« Sois attentif et toujours près de moi; etc. »

Gouffier de Bonnivet, dit l'amiral de Bonnivet, était le plus bel homme de son temps, et très audacieux en amour. Il fut le favori de François Ier. Ses aventures galantes l'ont rendu presqu'aussi célèbre que sa malheureuse retraite de Lombardie, où il fut blessé, et dans laquelle Bayard, à qui il avait remis le commandement de l'armée, perdit la vie.

2) PAGE 65, VERS 13.

Quel appareil se présente à ses yeux?
Avec sa cour au maintien sérieux,
La reine Claude !

François Ier. fut marié à Claude de France, fille de Louis XII, le 18 mai 1514.

« Cette princesse avait, dit Gaillard, un fonds inépuisable d'humanité, de douceur, de sagesse et de piété, et enfin toutes les vertus de son père. Les infidélités de François exercèrent sa patience, mais en secret : elle l'aima toujours tendrement, et parut se contenter du froid retour de l'estime qu'on ne pouvait lui refuser. Elle était boiteuse, comme sa mère (Anne de Bretagne), et d'une figure aussi commune que celle de sa mère était noble ; elle n'avait que les grâces peu piquantes de la bonté. François sentit du moins le prix de son âme, et la respecta jusqu'à déférer souvent à ses conseils dans les matières les plus importantes. »

(GAILLARD, *Hist. de François Ier.*)

FIN DES NOTES DU CHANT IV.

CHANT V.

LE PALAIS DES GNOMES.

Vous, dont les yeux lancent des traits de flamme,
Et qui marchez souveraines des cœurs;
Dont les bontés, et même les rigueurs,
Savent si bien se soumettre notre âme;
Qui, d'un seul mot, d'un regard, d'un souris,
Pouvez ouvrir des torrents de délices;
Sources d'amour, beautés dont les caprices
Font le tourment des cœurs vraiment épris,
Pourquoi souvent votre âme et votre bouche
Ont-elles donc deux langages divers?
Et quand l'amour rive en secret vos fers,
Pourquoi cet œil dédaigneux et farouche?

Il compromet votre sincérité :
Mais c'est bien pis, lorsque par vanité
Vous éloignez votre douce défaite;
Et retardant le jour de la conquête,
Vous désolez un amant accepté.
Ah ! quand le sort vous punit de ce crime,
Car c'en est un, ne vous y trompez pas,
Le châtiment me paraît légitime !
Franchise aimable a pour moi mille appas.
Je donnerais, et l'offrande est honnête,
Encre et papier, fortune d'un poète,
Pour qu'il en fût encor dans mon pays
Comme l'on sait qu'il en était jadis
Aux temps fameux qu'Agrippa me révèle
Je voudrais donc qu'auprès de chaque belle
Le ciel toujours, par un prudent arrêt,
Plaçât un sylphe, intègre sentinelle,
De qui la voix et sincère, et fidèle,
Dirait tout haut quand elle mentirait.
Oh ! que souvent la voix retentirait !
   Mon héroïne était sensible et fière,
Et son orgueil voulait braver l'amour,

Son cœur, son âge, et cette loi si chère

Qui veut qu'on aime aux champs comme à la cour.

   Vous avez su cet avis charitable

Que lui donna le sylphe son ami;

Son triste cœur, hélas! en a frémi;

Elle a connu son état véritable!

Elle aime enfin; elle aime avec transport!

Et cet arrêt de ce bon roi de France !

Qui la rendait le prix de la vaillance,

Pour elle, ô ciel! est un arrêt de mort.

   Seule, oppressée, elle verse des larmes

Qui, par ruisseaux, viennent baigner ses charmes.

« Oh! » disait-elle, « oh! quelle cruauté

» De me ravir ainsi ma liberté!

» Prince cruel! dont la faveur fatale

» Croit m'honorer par cet éclat trompeur,

» De tous tes preux, que la gloire signale,

» Un seul, peut-être, objet de mon ardeur,

» Peut m'obtenir de l'aveu de mon cœur!

» Et tu prétends, ô sentence terrible !

» Que du hasard la puissance inflexible

» Règle en ce jour ma vie et mon bonheur!

» Ah ! si du moins le héros qu'elle adore

» Pouvait paraître et combattre pour Laure,

» J'aurais l'espoir de vivre enfin pour lui !

» Mais loin de moi désormais il a fui !

» Une incroyable et cruelle influence,

» Depuis huit jours prolonge son absence !

» Qui sait, hélas ! quels climats, quels remparts

» Ont retenu le généreux.... Je pars ; »

S'interrompt Laure avec force, énergie,

Et se levant de colère embellie,

Car la colère embellit quelquefois :

« Je veux braver la plus dure des lois;

» Ou, me jetant aux genoux de la reine,

» Attendrissant sa bonté souveraine,

» En obtenir qu'on me laisse en ce jour

» Le soin d'un cœur que trouble enfin l'amour. »

Cédant alors au transport qui l'agite,

Vers Alicie elle court au plus vite,

Déterminée à remplir son dessein,

Qu'un juste orgueil affermit dans son sein.

Son âme ardente et long-temps comprimée,

D'un feu nouveau se relève animée,

Comme un ressort qui, d'abord fléchissant
Et se courbant en arc obéissant,
Échappe enfin à quelque main peu sûre,
Vibre avec force et longuement murmure.

Mais en tous lieux, ô nouvel embarras !
Laure, surprise, en vain cherche Alicie :
D'impatience et de douleur saisie,
Sa voix l'appelle, on ne lui répond pas.
Au seuil d'Urbain elle adresse ses pas ;
De son réduit la porte est entr'ouverte,
Elle y pénètre, et la chambre est déserte.
Elle parcourt ainsi tout le château ;
Femmes, valets, sont disparus ensemble ;
A chaque pas l'aimable Laure tremble,
Et dans son cœur sent un trouble nouveau.
Quoi ! ce séjour serait-il son tombeau ?
Vivante encore y serait-elle en proie
A l'enchanteur qui se fait une joie
De l'effrayer et d'être son fléau ?
De plus en plus interdite, éperdue,
Sur les jardins elle jette la vue ;
Tout est désert : un silence profond

A tous ses cris, à ses sanglots répond.

Du vaste parc atteignant la barrière,

A son tyran elle veut se soustraire :

Mur invisible, irritant ses transports,

De tous côtés repousse ses efforts.

L'âme égarée, au désespoir réduite,

Vers le château Laure reprend la fuite :

D'un pied rapide elle court, effleurant

Le vert gazon et le sable mouvant,

Comme jadis Atalante inhumaine

Pour échapper au charmant Hipomène.

Elle aperçoit un conduit souterrain

Près de la tour, sa demeure gothique :

Ce souterrain est de structure antique,

Et son esprit se rappelle, à la fin,

Qu'il doit conduire hors des murs du jardin ;

Du moins ainsi le dit vieille chronique.

Elle y descend : l'entrée est libre encor ;

Pour éclairer sa marche hasardeuse,

Laure avec soin, en sa douleur fougueuse,

Dans le château cherche et trouve, ô trésor !

Torche qu'enduit matière résineuse :

Elle l'allume et redescend soudain :
Près de sonder l'enceinte ténébreuse,
Nouvel effroi se glissant dans son sein,
Elle suspend sa course aventureuse.
Mais , cependant, braver l'affreux pouvoir
De l'enchanteur qui fait son désespoir;
Mais se soustraire à la triste sentence
Qu'en sa rigueur dicta le roi de France;
Se conserver à de pures ardeurs !
Paraît à Laure enfin d'un prix immense,
Et qui fait trève à ses autres frayeurs.
Elle reprend une force nouvelle :
Sans balancer, la fugitive belle,
Se confiant à ces obscurs détours,
Du seul hasard invoque le secours.

    Lors retenant une pénible haleine,
En hésitant Laure posait un pié
Qui s'imprimait sur une molle arène,
Terrain humide et non encor frayé.
Ainsi l'on voit cet animal agile,
Aux poils tigrés, au corps souple, à l'œil vif,
De toit en toit, pour gagner son asile,

Poser d'abord, sur la glissante tuile,
Patte prudente, et d'un air attentif,
Près de tenter un élan décisif,
Avancer l'autre; enfin, d'un bond facile,
Franchir sans crainte un théâtre fragile.

Dans ces nouveaux et souterrains climats,
Par un sentier tortueux et pénible,
Pendant long-temps, en un trouble indicible,
Laure s'avance, et ne s'aperçoit pas
Que le chemin s'abaisse sous ses pas,
Et qu'elle cède à sa pente insensible.

Sans s'arrêter, de détour en détour,
Elle parvient dans une immense cour,
Qui se déploie en forme circulaire.
A la lueur du flambeau tutélaire,
De cette enceinte elle suit le contour;
Et l'explorant d'une vue attentive,
Vers une issue un peu moins sombre arrive;
La suit encor pendant long-temps: enfin
Elle respire en un vaste jardin
Que la nature en silence cultive;
Le doux zéphir y promène le frais.

Au centre même, un superbe palais,
Dont le porphire orne la noble enceinte,
S'élève en ordre inventé dans Corinthe :
Un beau portail le décore à grands frais.
Laure enhardie, et s'avançant plus près,
Sur vingt degrés de marbre de la Grèce
Monte au palais : sous ses pieds délicats
Le marbre en or se change à chaque pas
Et dans l'endroit que son pied léger presse ;
De l'enchanteur (car bien vous vous doutez
Qu'il la fourvoie en ces lieux écartés,
Et que, rival puissant et plein d'adresse,
Il trompe ainsi des rivaux irrités),
De l'enchanteur, telle était la tendresse,
Que de sa trace un désir amoureux
Lui fait chercher à repaître ses yeux,
Puisque l'effroi qu'il cause à sa maîtresse,
Loin d'elle, hélas! captive encor ses feux.

  Vers une porte enfin Laure s'avance ;
Elle ouvre, elle entre, et d'une salle immense,
La torche usée, en ses faibles élans
Ne jetant plus que des feux expirans,

Son œil ne peut sonder les vastes flancs.
Au même instant, la porte d'elle-même
S'est refermée avec un bruit extrême :
Laure frémit : un tremblement soudain
A fait tomber le flambeau de sa main.
D'horreur saisie et perdant tout courage,
D'un mouvement involontaire et prompt,
De ses deux mains elle couvre son front,
Cache ses yeux, voile son beau visage,
Baisse la tête, et tombant à genoux,
Avec terreur s'attend aux derniers coups
Qui du sorcier vont montrer le courroux.
　　Mais aussitôt, en lustre transformée,
La torche ardente à la voûte enflammée
Est suspendue et fait briller ses feux :
Du beau palais, à ce signal heureux,
Tous les salons ont reçu la lumière,
Qu'ont réfléchie et parquets précieux,
Et murs de glace, et lustres somptueux,
Et plafonds d'or où la perle étrangère
Frappe les yeux en corniche légère !
　　Notre héroïne, en son effroi mortel,

A deux genoux, comme en son oratoire,
Faisait au ciel prière méritoire;
Quand tout-à-coup le sylphe Zimiel
Heureusement revient à sa mémoire :
« O Zimiel ! si mon cœur doit te croire,
» Tu peux beaucoup ! » dit-elle, « et tes avis
» Me sauveront de l'horreur où je suis.
» O Zimiel ! viens ! accours ! je t'implore !
» Au désespoir n'abandonne point Laure !
» Arrache-moi de ces lieux ennemis !.... »
Elle se tait; mais las ! point de réponse !
« A ton secours faut-il que je renonce ?
» Quoi ! mon espoir serait-il confondu ?
» Cher Zimiel ! m'abandonnerais-tu ?
» — Calmez, » répond d'une voix argentine
L'aimable sylphe, « un douloureux transport;
» Laure, j'accours; vous vous plaignez à tort !
» Et dans l'instant j'arrive de la Chine,
» Où je forçais une fière beauté
» Au tendre aveu d'un amour mérité
» Et subjuguais l'orgueil qui la domine.
» Ah ! je n'ai pas perdu de temps, je crois,

» Pour, de si loin, me rendre à votre voix !

» Que voulez-vous ? — Me tirer de l'abîme

» Où mon tyran égara sa victime.

» — La chose n'est facile, tant s'en faut !

» Il eût fallu me consulter plus tôt.

» — Où suis-je donc ? — Aux entrailles du monde; (1.

» Dans une enceinte élevée et profonde

» Et que creusa le gnome industrieux.

» — Suis-je au pouvoir du mortel odieux

» Qui me poursuit de sa funeste flamme ?

» De ce cruel qui tourmente mon âme,

» Et qui naguère a causé mon effroi?

» — Oui. — Juste ciel ! que prétend-il de moi?

» — Il veut de vous un amour sans partage.

» — Il a ma haine, et son amour m'outrage !

» Jamais mon cœur ne saurait être à lui.

» — Laure, écoutez : il faut bien qu'aujourd'hui

» De votre sort ma bouche vous instruise :

» D'un tel amant je blâme l'entreprise ;

» Mais mon pouvoir n'est au-dessus du sien

» Qu'en certains cas où son art ne peut rien

» Pour vous gagner il a pris une route

» Fort singulière; à cela point de doute ;

» Mais quoi ! souvent l'Amour, ce dieu vainqueur,

» Par cent détours sait arriver au cœur. »

Laure, à ces mots, d'un geste involontaire

A joint ses mains, et rouvrant ses beaux yeux,

Elle aperçoit ce séjour radieux

Resplendissant d'une vive lumière.

En même temps sur le riche parquet

Qui des flambeaux centuple le reflet,

Par sa douleur chaque larme versée

Roule soudain en perle dispersée :

« Tel est l'amour dont il brûle pour vous, »

Dit Zimiel alors d'un ton plus doux,

» Qu'il veut avoir de vous au moins vos larmes,

» S'il ne parvient à posséder vos charmes.

» Écoutez donc le reste sans courroux :

» Trente soleils, à compter du jour même

» Où vous guida son art dans ce séjour,

» (Ainsi du sort le veut l'arrêt suprême),

» Lui sont donnés pour gagner votre amour

» Et parvenir à ce bonheur extrême !

» De vos bontés s'il n'a rien obtenu,

8..

» S'il n'est vainqueur au terme convenu,

» (N'oubliez pas, ô mon aimable Laure,

» Cette trentième et solennelle aurore),

» Sur vous soudain son pouvoir cessera ;

» Et ce palais qu'art magique décore,

» Et ce tyran que votre cœur abhorre,

» Et les lutins dont il vous poursuivra,

» Tout , à vos yeux enfin s'éclipsera :

» Votre âme est libre ; il faut qu'il vous obtienne

» De votre cœur et de votre plein gré.

» — Ah ! l'insensé, quelle erreur est la sienne !

» Loin de souffrir son hommage abhorré,

» Un siècle entier de sa prison fatale

» J'endurerais la contrainte infernale !

» L'aimer ! Qui ? moi ! non, plutôt je mourrai !

» — Peut-être ! » dit le sylphe avec malice :

« Adieu, pourtant ; je pars. — Quelle injustice !

» M'abandonner en ce triste embarras,

» C'est, à coup sûr, c'est vouloir mon trépas !

» — Eh ! non, vraiment ! Dieu garde ! quel délire !

» Calmez-vous donc : mais c'est qu'on me désire

» De tous côtés, en de lointains climats,

» Et cependant à tout il faut suffire.

» Résignez-vous; car de ces trente jours

» Rien... Mais en Perse on m'appelle...Hé! j'y cours.

» — Quoi, Zimiel ! reprend Laure qui verse

Des pleurs amers, « à mon tyran cruel

» Vous me livrez ? Daignez au nom du ciel !..... »

Mais, bon ! déjà le sylphe était en Perse :

Et, quant à nous, imitant Zimiel,

A sa douleur laissant notre héroïne,

Cherchons Bayard, que son amour lutine,

Et rejoignons le brave chevalier

Qu'au grand galop emportait son coursier.

FIN DU CHANT V.

NOTE

DU CHANT V.

1) PAGE 88, VERS 6.

. . . . . Aux entrailles du monde,
Dans une enceinte élevée et profonde,
Et que creusa le gnome industrieux.

Sans m'enfoncer dans les sublimes profondeurs du système cabalistique; sans vouloir même prendre dans un sens allégorique les sylphes, représentant l'air; les salamandres, le feu; les ondins, l'eau; et les gnomes, la terre et les métaux; il ne sera peut-être pas sans intérêt de rappeler ici au lecteur les merveilles des mines de sel gemme de Williska, à cinq lieues de Varsovie : « Elles sont habitées par un si grand nombre » d'ouvriers, que c'est une république souterraine qui a ses » lois, sa police, ses chefs, et ses petites voitures publiques; » on y a pratiqué une chapelle où l'on célèbre l'office divin. » Les voûtes de sel sont soutenues par des colonnes ou pi- » liers taillés dans le sel même. La lueur des flambeaux qui » éclairent ces vastes appartemens souterrains, en réfléchis-

» sant de toutes parts, répand un éclat merveilleux; ce sont
» comme des palais d'un cristal souvent cubique et d'un
» blanc verdâtre. Le ruisseau d'eau douce et fraîche qui
» coule dans ce souterrain, sert à abreuver les habitans. Dans
» la mine de sel de la Haute-Hongrie, on trouve des morceaux
» de sel blanc aussi beaux que le cristal; d'autres sont colo-
» rés en jaune orangé et en bleu d'une manière uniforme ou
» par zones. Sa dureté est suffisante pour qu'on en puisse
» faire des bijoux et des ornemens qui imitent ceux qu'on
» fait avec les pierres précieuses. »

(VALMONT DE BOMARE.)

FIN DE LA NOTE DU CHANT V.

CHANT VI.

LES FORBANS.

Gens qui voulez agir très prudemment,
Écoutez bien cet avertissement :
Si sur la table une salière on verse,
Si par mégarde on vous casse un miroir,
Si, le matin, un hasard vous fait voir
A l'improviste un banc à la renverse ;
Si rencontrez devant votre logis
Quelqu'orateur du côté mal assis ;
Dans votre cour si votre poule chante
Avant son coq, ou si femme imprudente
Prend la parole avant son tendre époux ;
Si vous bronchez en sortant de chez vous ;
Si vous saignez de la narine gauche,
Si vous chaussez le pied droit le premier,

Si vous crachez dans un vaste brasier,
Si vous trouvez plats vers en votre poche,
Si quelque sot vous demande en partant
Où vous allez, croyez qu'il est constant
Qu'un grand malheur vous menace et s'approche. (1

    Le bon Bayard, dans un des cas susdits,
Sans y donner attention valable,
Tomba, sans doute, en partant de Paris ;
La chose, à moi, me semble très probable ;
Car il se trouve en un triste embarras,
Dont vous allez bientôt ouïr le cas.

    Depuis huit jours, sur les traces de Laure
Il se consume en efforts superflus,
La perd de vue et la revoit encore ;
Entend ses cris, puis ne les entend plus ;
Et dans son sein, que la fureur dévore,
Sent de l'espoir le flux et le reflux.
Ici, des yeux véridiques, sincères,
Ont aperçu Laure et son ravisseur :
Là, dans ces bois ; plus loin, vers ces chaumières,
On les a vus ! ils volaient : ô douleur !
A son secours Laure appelle un vengeur.

Le chevalier s'acharne à leur poursuite :
Sous lui Fédor vole, se précipite
Et se fait voir le vrai rival du vent.
Mais le guerrier maudissait plus souvent
Les courts délais qu'à la faim dévorante
Devait donner sa fougue impatiente.
Plein de dépit, Bayard arrive enfin
Entre la mer et Quimper-Corentin.

Ne faut-il pas qu'un lutin le tracasse,
Pour qu'un amant, en un semblable lieu,
De sa maîtresse aille chercher la trace,
Ou bien qu'il soit abandonné de Dieu?
Notre héros, que la fatigue accable,
Donne, en jurant, le ravisseur au diable :
Il croit vraiment qu'il est ensorcelé,
(Il n'a pas tort), et descendant de selle,
Triste, confus, abattu, désolé,
S'assied sur l'herbe, où son coursier fidèle
Cherche, en paissant, une vigueur nouvelle.
Mais tout-à-coup le digne preux surpris,
D'une futaie entend sortir des cris :
Vite il y court, et sur l'herbe rougie

9

Voit un guerrier près d'exhaler sa vie,
Qui s'écriait d'une plaintive voix :
« Faut-il mourir, sans gloire, au fond des bois,
» Abandonné de toute la nature,
» Du loup cruel, déplorable pâture !
» Fatal amour ! c'est toi qui m'as perdu ! »
A cet aspect, le bon Bayard ému :
« O ciel ! » dit-il, « est-ce toi, La Palice ?
» Mon noble ami, mon généreux rival,
» Si gai, si bon, si brave et si loyal ?
» Quelqu'assassin, par un noir artifice,
» T'a mis sans doute en cet état fatal ! »
» —Ami Bayard, » lui répond l'hypocrite;
Car ce mourant n'est que l'adroit lutin
Qui du héros, pendant tout le chemin,
Sut irriter et tromper la poursuite :
« Ami Bayard, puisqu'un heureux destin
» Dans ce malheur, dont le ciel me visite,
» M'offre pourtant ta secourable main,
» Je sens calmer cette horreur qui m'agite.
» Je vais mourir; mais dérobe mon corps
» Aux noirs corbeaux, dont la troupe vorace

» Incessamment sur ma tête croasse,

» Et dont je sens déjà les becs retors.

» A peu de frais, sous un tas de feuillage,

» Tu me rendras ce déplorable hommage;

» En attendant que, dans un lieu sacré,

» Mon triste corps soit d'honneurs entouré.

» —Ah! sur ce point, sois sans inquiétude.

» Mais qui commit cet horrible attentat ?

» —Le ravisseur, l'infâme scélérat

» Qui des forfaits sans doute a l'habitude.

» Je l'avais joint, et mon juste courroux

» L'avait d'abord abattu sous mes coups;

» Mais, dédaignant d'achever le perfide,

» Content d'avoir de ma beauté timide

» Calmé l'effroi, rassuré les esprits,

» Nous reprenions la route de Paris,

» Quand le barbare en traître m'a surpris;

» Et, dans le dos, de trois grands coups de lance,

» M'a sur la terre étendu sans défense;

» A repris Laure, et malgré ses efforts,

» A de la mer bientôt gagné les bords :

» Là, saisissant une barque légère,

» Il a vogué vers l'indigne corsaire

» Qui dans ces lieux sans doute était posté,

» Complice affreux de ce rapt détesté.

» Venge-moi donc, cours après ce barbare;

» Un bras de mer vainement t'en sépare;

» Tu peux encor l'atteindre et le punir. »

Il dit; et meurt, poussant un long soupir : ——

Bayard ne peut s'empêcher d'en frémir.

    Le chevalier, de ce pieux office

Qu'attend de lui son ami La Palice,

S'acquitte en hâte, et lui disant adieu,

Promet bientôt de le rendre au saint lieu.

    Le cœur rempli de douleur et de rage,

Il a bientôt, remontant sur Fédor,

De l'Océan gagnant le vaste bord,

Vu le vaisseau qui fuyait de la plage,

Mais qu'un esquif, placé près du rivage,

En se hâtant pouvait rejoindre encor.

    « Viens, conduis-moi vite vers ce navire; »

Dit le guerrier, que la fureur inspire,

Au marinier qui dormait sur l'esquif.

« Et prouve-moi ton zèle expéditif.

» Voici ma bourse! et voilà mon épée!

» Prends l'une et vole, ou l'autre, au même instant,

» Va te jeter sur ton bateau sanglant,

» Si par ta peur ma vengeance est trompée. »

Comme un soldat dans son poste endormi,

Que tout-à-coup réveille un cri de guerre,

Ou quelqu'éclat du terrestre tonnerre,

Dans sa stupeur se croit mort à demi,

Et sent son cœur qui d'effroi se resserre,

Le marinier, l'œil troublé, l'air hagard,

En frémissant a contemplé Bayard :

« O juste ciel! quel est donc ce prodige?

» Est-ce bien vous, seigneur Bayard? que dis-je?

» Est-ce bien moi qui suis dans ce bateau,

» La rame en main, tout prêt à fendre l'eau?

» Où sommes-nous? Daignez finir ma peine :

» Pourquoi voguer sur la liquide plaine?

» — Rame toujours, lui répond le guerrier : »

Mais comme il lance au tremblant marinier,

Avec ces mots, un regard de colère,

Il reconnaît, sillonnant l'onde amère,

Du vieux Randan le fidèle écuyer.

9..

Lors, il reprend d'une voix moins sévère :
« Oui, cher Urbain, voguons vers ce corsaire :
» Le ciel ici t'envoye à mon secours. »
Urbain ramait : « Quel étrange discours !
» Répétait-il : quel motif, quelle affaire
» Vous fait ainsi voguer en téméraire?....
» — Pour quel motif? » s'écrie avec transport
Le chevalier : « Innocente victime
» D'un ravisseur, vil instrument du crime,
» Ma chère Laure, hélas ! est sur le bord
» De ce forban dont j'ai juré la mort.
» Ramons, Urbain. — Quoi! ma chère maîtresse,
» Ainsi que moi, d'une ruse traîtresse
» Serait l'objet ? » — En prononçant ces mots,
Leurs bras nerveux qu'excite l'espérance,
De l'aviron frappant la mer immense,
Faisaient glisser leur esquif sur les flots :
Désir ardent donne l'expérience;
La longue rame élevée en cadence
Retombe, fend, refoule à temps égaux,
A coups pressés la surface des eaux :
L'esquif, volant sur l'élément paisible,

Semble, poussé par un bras invisible,
Les enlever, les ravir à ces bords,
Et non céder à leurs fougueux efforts.
   Sur son navire, assis comme un monarque,
Le capitaine en ce moment remarque
Nos voyageurs, et le diable en son sein
Glisse l'espoir de quelqu'heureux butin.
A ses forbans (car des bords de l'Afrique
C'est en effet corsaire à troupe inique
Et que dévore ardente soif du gain),
A ses forbans qu'un même désir tente,
Il fait en mer jeter l'ancre mordante,
Et sur le pont attend, pour l'accrocher,
Que du vaisseau l'esquif puisse approcher.
   Bayard, Urbain, y gravissent ensemble,
Et sous leurs pas le pont sonore tremble.
Le chevalier court droit au Musulman :
« Rends-moi mon bien ! lui dit-il, mécréant ! »
Sans lui donner le temps de la réponse,
Avec vigueur aussitôt il enfonce
Son glaive aigu dans le cœur du forban :
La foudre ainsi suit l'éclair qui l'annonce :

Et du tillac, en sanglans soubresauts,
Le malheureux s'abîme dans les flots.

Mais en voyant tomber son capitaine,
L'adroit nocher livre la voile au vent,
Coupe le câble, et le vaisseau mouvant
Reprend sa course et fend l'humide plaine.

Alors s'apprête un combat inégal.
Tous les forbans, fiers de leur avantage,
Prêts à venger leur chef et leur outrage,
Sur le tillac montent à ce signal.

Le brave Urbain, près de Bayard se range;
Et tous les deux, contre un mât s'appuyant,
Pour n'être pris à dos ou par le flanc,
De ces brigands affrontent la phalange.

Sans leur laisser le temps de l'assaillir,
Fondant sur eux, semblable à la tempête
Qu'en sa fureur nul obstacle n'arrête,
Bayard, d'un air qui les fait tous frémir,
A celui-ci tranche une horrible tête;
A celui-là fend un crâne inhumain;
A ce troisième entr'ouvre un large sein;
Et d'une voix de tonnerre il répète:

« Point de pardon, infâmes ! de ma main

» Vous subirez tous un pareil destin ! »

Puis vers le mât, comme en sa citadelle,

A reculons il revient se placer,

Observe, épie, en leur terreur nouvelle,

Quel est celui que son fer doit percer,

Ainsi, baissant sa corne menaçante,

Jarret tendu, le mugissant taureau,

Les yeux en feu, dans la foule assaillante

Des lévriers à la voix glapissante,

Choisit de l'œil un ennemi nouveau,

Et d'un seul coup l'étend sur le carreau.

Vers les forbans Bayard s'avance encore,

En s'écriant : « Mécréans que j'abhorre !

» Sur vos débris je veux reprendre Laure ! »

Et de nouveau son redoutable bras

A fait sur eux descendre le trépas.

Tel on a vu, dans la brûlante Afrique,

Le tigre énorme aux bonds impétueux,

Perçant les airs d'un cri terrible, affreux,

Pour assouvir sa rage famélique,

Sur un troupeau s'élancer furieux :

Sans s'arrêter à dévorer sa proie,
Il les égorge, et dans leur sang se noie.

  Du chevalier le glaive étincelant,
De corps meurtris jonchait le pont sanglant.

  Le désespoir, la douleur et la rage,
Des Musulmans ont pénétré le cœur :
Le noble preux sent tripler son courage,
Et sur leurs rangs promenant la terreur,
Semble pour eux l'Ange exterminateur.

« Fatal chrétien, déchaîné par le diable,
» Si même encor tu n'es pas Lucifer, »
Dit un forban qui brandissait son fer,
Et que la peur a rendu redoutable ;

« Eh quoi ! ton bras, comme de vils moutons
» Immole, égorge ainsi mes compagnons !
» Je vengerai leur trépas déplorable !
» Tu périras ! » Le brigand, à ces mots,
L'œil égaré, fondait sur le héros :
Soudain Bayard du revers de sa lame,
Du Musulman qui frémit dans son âme,
A fait voler le glaive dans les flots :
Au mécréant abattre les épaules,

Trancher la tête et pourfendre le corps,

En supprimant les menaces frivoles,

Coûte à Bayard seulement quatre efforts.

De tous côtés un sang épais ruisselle :

Les uns sont morts, les autres expirans ;

On n'entend plus que les cris des mourans,

Et le trépas étend partout son aile.

Tout a péri. Le pilote, troublé,

Tombe d'effroi dans l'élément salé.

Lors le vaisseau, sans guide et sans pilote,

En haute mer à l'aventure flotte.

Mais cependant Bayard, suivi d'Urbain,

Dans le navire a cherché Laure en vain.

Vous avez vu quelquefois un brave homme

Dont le Champagne a troublé la raison,

Casser, briser, malgré fille et garçon,

Meubles, lambris, glaces, verres, en somme,

Faire le diable en honnête maison ;

Mais aussitôt qu'il a fait un bon somme,

Tout stupéfait, et comme un renard pris,

Il croit rêver en voyant ces débris.

« Ciel ! s'écriait Bayard, quelle aventure !

» Quel incroyable et bizarre destin?

» Est-ce un vain songe? ai-je l'esprit bien sain?

» — Ah ! » répondait l'écuyer, « je vous jure

» Que tout ceci vraiment n'a rien d'humain.

» — Mais, dit Bayard, sur ce maudit rivage,

» Dans cet esquif où je t'ai vu dormant,

» Qui t'amena? — Je n'en sais rien, vraiment !

» Ce que je puis vous dire, en homme sage,

» C'est.... » Tout-à-coup sur son large visage

Urbain reçoit, tressaillant de l'outrage,

Cet invisible et vigoureux soufflet

Que lui promit naguère à Rambouillet

La même main dont le rude langage

Lui dit encor qu'il faut être discret.

« Pour me trahir deviendrais-tu muet ? »

Reprend Bayard : « Quel secret, quelle trame

» Caches-tu donc? Ce ravisseur infâme,

» Quel est-il ? parle ! ou de toi c'en est fait,

» Et dans les flots tu portes ton secret.

» — Il n'est besoin de prendre cette peine, »

Réplique Urbain, de frayeur stupéfait

En se sentant sous la griffe inhumaine

De l'invisible et méchant farfadet,

À l'étrangler sans doute toujours prêt,

Et contemplant menace plus certaine

Dans l'aquilon, dont la bruyante haleine

Des vastes mers avait enflé la plaine :

« Seigneur Bayard, la tempête en courroux

» De mon trépas va se charger pour vous. »

    Comme il parlait; l'implacable Borée,

Au vol fougueux, à la course égarée,

Sur le vaisseau fond, redouble ses coups,

Et fait claquer la voile déchirée;

De toutes parts l'horizon s'obscurcit,

Et devant eux la vague au loin mugit.

Au gouvernail Urbain en vain se place;

Le dieu joufflu se rit de son audace,

Brise les mâts, arrache les agrès,

Enlève au ciel le vaisseau qu'il balotte;

Le chevalier et son triste pilote

Plus d'une fois ont vu la mort de près.

FIN DU CHANT VI.

.I.

NOTE

DU CHANT VI.

———

1) PAGE 95, VERS 1.

Gens qui voulez agir très prudemment,
Écoutez bien cet avertissement.

Je dois, en conscience, avertir mes lecteurs que j'ai trouvé toutes ces belles choses, à l'exception de deux pronostics qui sont de mon crû, et dont on s'apercevra sans doute, dans le *Traité des Superstitions*, de ce même docteur Thiers déjà cité. Le docteur les rapporte, comme on le pense bien, pour les condamner. J'en aurais pu citer un plus grand nombre, tant l'esprit humain est fertile en sottises lorsqu'il se livre une fois à la superstition à laquelle il est si fort enclin. Nos prétendus esprits forts y sont plus portés souvent que le simple

10..

vulgaire. On sait que le fameux marquis d'Argens pâlissait de frayeur lorsqu'on renversait sur la table, devant lui, une sa-lière remplie de sel. O philosophes! qui vous moquez de nous, pauvres croyans en Dieu, que dites-vous de ce confrère?

FIN DE LA NOTE DU CHANT VI.

CHANT VII.

—

LA TEMPÊTE ET L'ÉCUEIL.

« FATAL amour ! depuis que sur la terre
» Aux tendres cœurs tu déclares la guerre,
» As-tu jamais, par un coup plus cruel,
» Puni l'ardeur d'un malheureux mortel ? »
Ainsi disait, triste et baissant la tête,
Le bon Bayard, en butte à la tempête.

L'astre du jour, le flambeau de la nuit,
Ont vu sa nef, que l'aquilon poursuit,
Faible jouet d'une mer irritée,
Et sur son gouffre en tous sens tourmentée :

10...

« Ah ! » poursuit-il, « moi, qui d'un âge mûr,

» Fier contempteur de tout amour frivole,

» Avais choisi la gloire pour idole,

» Je périrais de ce trépas obscur,

» En poursuivant un bonheur qui s'envole !

» O Dieu ! pourquoi n'ai-je pas succombé

» Sur les remparts de Bresse encor fumante?

» Pourquoi, Nemours, ne suis-je pas tombé,

» Ainsi que toi, sous Ravenne expirante?

» J'aurais du moins, comme mes bons aïeux,

» Su m'illustrer par un trépas fameux !

» O fruit amer d'une erreur imprudente !

» Suis-je, en effet, poussé dans mes revers

» Par quelque diable échappé des enfers?

» N'en doutons pas, mon vieil Urbain : je pense

» Que j'ai du ciel mérité la vengeance;

» Et que, pour prix de l'oubli de ses lois,

» Pour mes péchés, répétés tant de fois,

» Dieu m'a laissé suivre la voix perfide

» Qui m'attira vers l'abîme homicide! »

  La mer pourtant, sur des monts écumeux,

Semble, élançant le vaisseau vers les cieux,

Vouloir d'abord le jeter hors du monde;
Puis, entr'ouvrant son enceinte profonde,
Comme en un vaste et mugissant gosier,
Paraît enfin l'engloutir tout entier :
En lame immense, en voûte bouillonnante,
Elle a franchi la nef retentissante :
Nouvelle vague enflant ses flots amers,
Fond sous la quille, en fureur la soulève,
Au gouffre humide au même instant l'enlève,
Et le vaisseau vole encor dans les airs;
En même temps l'éclair luit, le ciel tonne,
Et de ses feux le suit et l'environne.
Urbain tremblait, Bayard était surpris:
Ces feux grondans, cet aquilon terrible,
Ces noirs torrens qui des cieux obscurcis
Ont inondé tous leurs membres transis,
Pressent leur cœur d'une horreur indicible!
     « Miséricorde! ah! nous sommes perdus! »
S'écrie Urbain : « Disons notre *in manus!*
» C'est fait de nous.—Sans doute, il faut le dire! »
Répond Bayard : « En tout temps, en tout lieu,
» Oui, nous devons entre les mains de Dieu

» Nous confier. —Mais faut-il que j'expire
» Si bien portant? » répétait l'écuyer :
» Quel noir démon si loin pour me noyer
» Me transporta dans sa jalouse rage?
» O Rambouillet! ô tranquille hermitage!
» Où si long-temps je bus vin pur et frais,
» Ai-je quitté tes vieux murs pour jamais!
» Noble Bayard, n'est-il plus d'espérance?
» Faut-il subir la fatale sentence?
» L'affreuse mort, nous frappant de ses traits,
» Va-t-elle, ô ciel!...—Ami, » reprend le brave,
« Soumettons-nous! La mort fond sur l'esclave
» Qui dans les fers traîne d'obscurs destins,
» Et le monarque arbitre des humains :
» As-tu donc cru lui dérober ta tête?
» Tous, tôt ou tard, nous sommes sa conquête.
» Mais ce qui doit distinguer un grand cœur,
» C'est de la voir, de l'accueillir sans peur,
» D'y résigner notre âme tout entière,
» En nous livrant à Dieu par la prière.
» Es-tu chrétien? Tu l'es! sois sans effroi :
» La mort n'est plus qu'un passage pour toi

» Qui te conduit à ce céleste empire

» Où tout mortel, où tout chrétien aspire,

» Pour y trouver le prix de la vertu,

» Quand sur la terre en brave il a vécu.

» Viens, cher Urbain, en ce péril funeste

» La foi nous luit et son flambeau nous reste !

» Si notre Dieu nous refuse aujourd'hui

» Un prêtre saint pour arriver à lui,

» Il nous a dit qu'en un danger extrême,

» Le vrai chrétien, oracle de Dieu même,

» Peut accorder de sa grâce enivré,

» La paix du ciel et le pardon sacré !

» Avec ces jours, qu'un instant nous arrache,

» Offrons à Dieu des cœurs purs et sans tache,

» Que le remords et nos humbles aveux

» Auront lavés de leur levain honteux.

» Laisse à son gré frémir sur nous l'orage :

» Viens écouter, juge compâtissant,

» Le repentir où le péché m'engage ;

» Pardonne enfin au nom du Tout-Puissant,

» Et du ciel même ouvre-moi le passage. »

Le noble preux s'agenouille à ces mots,

Baisse ce front que la gloire couronne,
Frappe ce sein qui renferme un héros,
Fait ses aveux, et l'écuyer pardonne.
Du vieil Urbain il accueille à son tour
Le repentir, bénit le dernier jour,
Et lui promet une éternelle vie.
O foi touchante et bien digne d'envie!
Que le guerrier est magnanime et fort,
Lorsqu'il nourrit à-la-fois dans son âme
Le feu du brave et la céleste flamme
Qui du chrétien illumine le sort!

  La nuit déjà sur l'élément perfide
A de nouveau jeté son voile humide,
Et la tempête, avec plus de fureur,
De ces momens accroît toujours l'horreur;
Mais à la fin la tourmente effroyable
De fond en comble ébranle le vaisseau :
Le pauvre Urbain jette un cri lamentable,
Et se croyant au fond de son tombeau,
Fait de la croix le signe secourable.
Bayard pourtant, sur le tillac assis,
D'un bras nerveux étreignant les débris

Du tronc de mât qu'épargna la tempête,
Cherche à braver les flots aux vents unis,
Et sous leurs coups baissant sa noble tête,
Attend la mort d'un air calme et soumis :
Tel entouré de ses fiers ennemis,
Sans accuser la fortune inconstante,
Le grand César, dans le piége surpris,
S'enveloppait de sa robe sanglante.

   Mais au milieu de l'horrible fracas
Et des assauts précurseurs du trépas,
Et des soupirs que l'écuyer exhale,
Et des *paters* qu'il dit par intervalle
D'un cœur sincère et d'un esprit craintif :
« Paix ! » dit Bayard : « j'entends un cri plaintif ;
» D'un malheureux c'est l'infaillible indice !
» Les vents enfin laissent percer sa voix !
» C'est une femme !... O suprême justice !...
» Sous nos pieds même, entends-tu, cette fois ?...
» Si c'était !... Dieu ! quel prix de mes exploits !
» Si du forban l'exécrable furie
» L'avait soustraite ainsi... Sauvons sa vie,
» Ne fût-ce, hélas ! que pour un seul moment ! »

A fond de cale il accourt promptement :
L'obscurité lui dérobe l'image
De cet objet que cherche son courage :
La voix guidait le brave chevalier,
Qu'en chancelant suit le triste écuyer.
La plainte approche, et son triste langage
Lui fait connaître enfin la vérité.
D'un court bonheur il s'est en vain flatté ;
Ce n'est point Laure ! une femme tremblante
Que de Bayard touche la main errante
Dans les horreurs de cette obscurité,
Demande au ciel secours et liberté.
D'affreux liens retiennent la victime :
Du bon guerrier le zèle se ranime ;
Il prend son glaive, et d'une adroite main
Des nœuds cruels la dégage à la fin ;
Entre ses bras il la porte expirante
Sur l'entrepont, où la vague assaillante
Pénétrant moins, offre un moindre danger,
Et lui permet de la mieux protéger.
« Ah ! » dit Bayard, « victime infortunée,
» C'est d'un moment que de ta destinée

» Mon triste bras à prolongé le cours;
» L'abîme encor va réclamer tes jours. »
Elle soupire et semble ensevelie
Dans la terreur dont l'excès l'a saisie.

Le jour, la nuit, toujours plus menaçans,
Ont redoublé leurs assauts renaissans.
D'un voile épais l'étrangère couverte,
Paraît toujours insensible à sa perte.

La sombre nuit recouvre encor les mers.
Bayard enfin voit son dernier revers;
Plus irrité que jamais, plus terrible,
L'affreux Borée, appelant de nouveau
De tous ses fils la cohorte invisible,
Entre deux rocs, avec un bruit horrible,
Lance, fracasse, encaisse le vaisseau;
Et dans ses flancs, effroyable tombeau;
L'onde fatale, et que l'obstacle irrite,
Avec fureur entre et se précipite.

Le dieu signale ainsi ses derniers coups.
Bientôt il semble apaiser son courroux.
L'éclair rapide à plus longs intervalles
Sillonne au loin un ciel moins nébuleux;

11

La foudre gronde en éclats moins affreux;
Le ciel s'épure, et ses urnes fatales
Ont épuisé leurs torrens furieux :
L'astre des nuits, dominant les orages,
Vient en riant disputer aux nuages
Les vastes champs de l'Ether pluvieux.
Au firmament la nue amoncelée,
Vers le midi, par les vents refoulée,
Se précipite et laisse maître enfin
L'astre vainqueur d'un ciel pur et serein.

    Le chevalier (une faible espérance
Vit dans son cœur et soutient sa constance),
A la lueur du flambeau de la nuit,
Aidé d'Urbain, qu'un même espoir séduit,
A transporté sa compagne mourante,
Sur cet écueil où la vague expirante
Ne portant plus qu'un courroux épuisé,
Respecte enfin son navire brisé.

    L'infortunée aux flots amers ravie,
Lui dit alors d'une voix affaiblie:
« Noble guerrier, votre bras protecteur
» A donc sauvé ma vie et mon honneur !

» L'affreux forban dont j'étais la victime,

» Vint m'arracher à l'hymen, au bonheur,

» Pour satisfaire, en me vendant au crime,

» La soif de l'or qui dévorait son cœur.

» Je vous dois tout, ô mortel magnanime !

» Ah ! qu'Orancine, heureuse en son malheur,

» Doit rendre grâce à son digne sauveur !

» Vous connaîtrez le destin qui m'opprime.

» — Hélas ! Madame, il n'est pas encor temps

» De nous livrer à l'espoir qui vous flatte, »

Répond Bayard; « et la fortune ingrate

» Poursuit sur nous ses desseins menaçans.

» J'ignore encore en quel endroit du monde

» Nous a jetés sa haine furibonde.

» Si cet écueil n'est qu'un rocher désert,

» Bien peu de jours nous restent en partage;

» L'aurore va, nous montrant ce rivage,

» Nous dire enfin s'il nous sauve ou nous perd.

   » Mais cependant déjà l'aube naissante

» Éclaire au loin la vague blanchissante;

» Allons, Urbain, courage! il faut savoir

» S'il est encore ou s'il n'est plus d'espoir!

La voix du preux retentissait encore,
Quand tout-à-coup une cloche sonore
Frappe les airs, et semble de l'aurore
Dire à ces rocs le retour désiré :
Bayard tressaille : « O signal révéré ! »
S'écria-t-il dans l'excès de sa joie ;
« Salut ! le ciel à mon secours t'envoie !
» Mon cœur comprend ton langage sacré !
» Je vivrai donc pour mon roi ! ma patrie !
» Et pour la gloire, et pour ma noble amie !
» Oui, cher Urbain, ce bruit inespéré,
» De nos chrétiens ces appels salutaires,
» En ces climats nous annoncent des frères ! »
L'aurore enfin quittant le sein des mers
A remplacé la nuit au char d'ébène,
Et s'emparant de la céleste plaine,
Elle a rendu l'éclat à l'univers.

Mais, tour-à-tour, Bayard d'un œil avide
A contemplé ces rochers sourcilleux
Qui près de lui s'élèvent vers les cieux,
Et la beauté que son bras intrépide
A su ravir à l'Océan fougueux.

Elle a levé, d'un bras lent et timide,
Le voile épais qui la cachait aux yeux.
L'air abattu, l'œil tout gonflé de larmes,
Et vers la mer le regard abaissé,
Sur un débris du vaisseau fracassé
Elle est assise; et montre sur ses charmes
L'humide affront que les flots ont laissé ;
Mais au travers d'un désordre funeste
Brille l'éclat d'une beauté céleste.
Tel au milieu des débris d'une tour
Où la tempête a porté son ravage,
Éclate encore, aux feux naissans du jour,
Un lis superbe épargné par l'orage.

Rempli d'espoir, le brave chevalier,
Aux soins amis de son vieil écuyer
Laisse Orancine (et tout-à-l'heure d'elle
Vous l'avez su, c'est le nom de la belle
Que le destin vient de lui confier) :
Parmi ces rocs, vers la rive nouvelle
Où retentit l'airain consolateur,
Il veut chercher un secours protecteur.

La mer au loin encor fière et houleuse,

11...

Sur les brisans épuisant tous ses coups,
Entre ces rocs et la rive écumeuse
Comme en un port étendait sans courroux
Un flot paisible au bruit modeste et doux.

Sans mesurer ni danger ni distance,
Notre héros au même instant s'y lance :
D'un bras nerveux de l'onde il fend le sein;
Et, dirigé par la cloche sonore,
Loin du navire il n'était pas encore
Qu'il aperçoit sur un rocher voisin
Cet instrument de son salut prochain.
Il double alors de force et de courage,
Et ses efforts le portent au rivage.

Bayard gravit un chemin escarpé
Par le ciseau sur le roc usurpé.
Un juste espoir l'encourage et l'anime.
Les feux du jour sèchent son vêtement
Qu'a détrempé le liquide élément,
Et plus dispos il se trouve à la cime
De ce rocher qu'entoure au loin l'abîme.
Sur un plateau riant et spacieux,
Une chapelle enfin frappe ses yeux.

Il entre; il voit sur un autel modeste
Les saints apprêts du mystère céleste.
Le chevalier, de respect pénétré,
Pose un genou sur ce pavé sacré:
Son noble cœur s'élance plein de joie
Vers l'Éternel dont sur lui se déploie
En ce moment le pouvoir adoré!
Dont la sagesse ineffable et profonde
L'arrache aux flots d'une mer furibonde!

   Comme il priait, par sa voix attiré,
A ses regards un vieillard se présente :
« Dieu tout puissant, tu combles mon attente, »
Dit le vieillard levant les yeux au ciel;
« Puisque mes soins à l'élément cruel
» Ont arraché sa proie encor vivante!
» Venez, mon fils; sous ce toit protecteur
» Vous trouverez. — O vieillard vénérable! »
Interrompit Bayard avec chaleur,
« J'attends de vous plus active faveur:
» Hâtez vos pas, et d'un bras secourable
» Venez ravir à l'onde redoutable
» Deux malheureux qu'assiége sa fureur. »

Dans l'autre chant, mon très cher auditeur,
Je vous dirai, s'il vous plaît de l'entendre,
Ce qu'il advint; mais il vous faut attendre
Que mon Pégase ait repris sa vigueur.

FIN DU CHANT VII.

NOTE

DU CHANT VII.

———

1) PAGE 114, VERS 1.

.... Moi, qui d'un âge mûr
Fier contempteur de tout amour frivole,
Avais choisi la gloire pour idole,
Je périrais de ce trépas obscur, etc.

Bayard avait, en 1515, environ trente-huit ans. On ne sera peut-être pas fâché de retrouver ici les plaintes naïves exprimées par le bon chevalier sans peur et sans reproche, dans une maladie où il se trouva en grand danger de mort, à Grenoble, sa patrie :

« Le pauvre gentil-homme, qui de maladie se voyoit ainsi abattu, faisoit les plus piteuses complaintes qu'on ouyt ja-

mais; et à l'ouyr parler, il eust eu bien dur cœur à qui les
larmes ne feussent tombées des yeulx. «Las! disoit-il, mon
Dieu! puisque c'estoit ton bon plaisir m'oster de ce monde
si tost, que ne me feis-tu cette grâce de me faire mourir en
la compaignée de ce gentil prince le duc de Nemours, et avec
mes autres compaignons, à la iournée de Ravennes, où qu'il
te pleut consentir que je finisse à l'assault de Bresse, où ie
feus si griefvement blessé. Hélas! i'en feusse beaucoup mort
plus ioyeux, car au moins i'eusse ensuivy mes bons prédé-
cesseurs, qui sont tousiours demeurez aux batailles. Mon
Dieu! et i'ai passé tant de gros dangers d'artilleries, en bat-
tailles, en assauts et en rencontres, dont tu m'as fait la grâce
d'être eschappé, et il fault que présentement ie meure en mon
lict comme une pucelle! Toutes fois combien que ie desi-
rasse aultrement, ta saincte volonté soit faite. Ie suis un
grand pécheur, mais i'ai espoir en ton infinie miséricorde.
Hélas! mon Créateur, ie t'ay, par le passé, grandement of-
fensé; mais si plus longuement eusse vescu, i'avois bon
espoir, avec ta grâce, de bientost amender ma mauvaise vie.»
Ainsi faisoit ses regrets, et tant piteusement se doulouroit
le bon chevalier, qu'il n'y avoit personne autour de lui qui
ne fondist en larmes. Mesmement son bon oncle l'évesque
qui sans cesse estoit en oraison pour luy; et non pas luy
seulement, mais touts les nobles, bourgeois, marchands;

religieux, religieuses, iour et nuict estoient en prières et orai-
sons pour luy, etc. »

(*Histoire du chevalier Bayard*, ch. 55 , p. 319,
édit. de 1619, d'Abraham Paccard , à Paris.)

FIN DE LA NOTE DU CHANT VII.

CHANT VIII.

L'HOSPICE.

Oh! foin de vous, épilogueurs en diable,
Et qui voulez des points sur tous les is!
J'entends déjà ce savant intraitable
Qui me demande avec un fier souris :
« Où donc était ce rocher redoutable
» Qui du vaisseau dispersa les débris,
» Et qui reçut vos naufragés transis?
» Il faut en tout un peu d'exactitude :
» Sous quelle zône, à quelle latitude
» Placez-vous donc votre île et son clocher? »
Que vous importe? et faut-il se fâcher
Pour moins que rien! Dans l'Océan, sans doute :

12

En manque-t-il des rochers sur la route?
En son récit d'ailleurs, maître Agrippa,
Omit ce point qui, peut-être, échappa
A sa mémoire, et dont je me console :
Il me suffit que mon noble héros
Rencontre un roc pour se sauver des flots :
Laissez-moi donc poursuivre mon propos :
Votre remarque est tout au moins frivole.

    Maintenant donc j'ai repris la parole
Pour raconter ce que le saint vieillard
Vient de répondre au généreux Bayard,
Qui l'exhortait à sauver Orancine
Et l'écuyer qu'en périlleux hasard
Il a laissés sur la roche voisine.
Il lui disait, en descendant le mont
Et se rendant vers un bassin profond
Où son esquif brave en repos l'orage :
« Noble étranger, hélas! votre naufrage
» N'est pas le seul que mes yeux attendris
» Ont contemplé sur ce fatal rivage :
» Et bien souvent j'ai vu d'affreux débris
» Couvrir au loin la mer et cette plage.

» Les plus beaux jours sont tout-à-coup suivis

» De nuits d'horreurs et de jours de ravage :

» De notre vie, hélas! voilà l'image!

» Orage affreux, ou calme décevant!

» Du cœur humain miroir vaste et mouvant :

» Quarante hivers (j'en avais vu quarante

» Lorsqu'ici Dieu fixa ma course errante)

» M'ont présenté ce spectacle imposant.

» — Quoi! dans ces lieux un exil volontaire,

» Digne vieillard, vous a-t-il entraîné? »

Interrompit le héros étonné.

« — J'y fus poussé par un destin contraire

» Qui m'accabla du poids de sa colère;

» Mais j'y restai, chargé de mes revers,

» Offrande libre au Dieu de l'univers. »

A ce grand nom, un saint respect l'inspire,

Et découvrant son front chauve et pieux, (1

Il l'inclinait d'un air religieux :

Bayard sur lui jette un œil curieux,

Et sous la bure en silence il admire

Ses nobles traits, son port majestueux,

Sa taille haute, et ce pied vigoureux

Que rien n'entrave, et qui, trompant l'empire
Du temps jaloux, foule un sol rocailleux.
Tel un vieux chêne, au tronc sec et noueux,
Étend encor sur la verte fougère
Ses forts rameaux, sa tête séculaire,
Et brave encor les vents impétueux.

    « L'ardente soif d'une vaste science, »
Dit le vieillard, reprenant son discours,
Et vers l'esquif se dirigeant toujours,
« M'avait conduit loin des bords de la France.

    » Vains scrutateurs de la toute-puissance,
» Qui de son œuvre occupez votre espoir,
» Vous vous perdez dans cet abîme immense
» Que l'Éternel vous permet d'entrevoir,
» Et qu'il présente à votre intelligence,
» Si l'œil de Dieu ne vous y guide pas
» Et n'y répand ses lumineux éclats. !

    » Il en est trop de ces orgueilleux sages
» Niant l'auteur en sondant ses ouvrages!
» Fiers insensés! le néant est leur vœu!
» A leur flambeau je m'aveuglai moi-même!
» Je sus bientôt porter un œil de feu

» Sur les soleils, les astres, et ce lieu

» Qu'habite en paix l'Architecte suprême;

» Et j'y vis tout, mon fils, excepté Dieu. (2

» Ah! ma science était un long blasphême;

» Cet univers, noble enfant du hasard,

» Étonnait bien mon superbe regard,

» Mais j'en faisais, dans mon erreur grossière,

» Le seul auteur de ma triste poussière

» Que je devais lui rendre tôt ou tard.

   » Je visitai tout le monde habitable:

» Et des secrets et des arts inconnus

» Furent les fruits de mes soins assidus;

» Et j'ignorais la science adorable;

» Celle qui fait le sage véritable,

» Et rend la paix à nos cœurs éperdus

» Quand du malheur le fardeau nous accable!

» Je la reçus de ce Dieu redoutable!

» Des bords du Gange aux rivages français,

» A pleine voile, orgueilleux, j'accourais,

» Lorsque l'amour, ce maître inévitable,

» Aux champs fleuris par le Tage arrosés,

» Fixa mes vœux trop long-temps abusés.

12...

» O souvenir! ô bonheur ineffable!

» O digne objet d'un feu pur et durable!

» J'obtins ton cœur! et l'hymen le plus doux

» Pendant dix ans couronna deux époux!

  » Nouveau désir de revoir ma patrie

» Rentre en mon sein. Une fille, deux fils,

» Qu'accompagnait une épouse chérie,

» Suivent mes pas sur l'Océan soumis :

» Santé, savoir, amour, richesse immense,

» Embellissaient ma superbe existence;

» Et je bravais d'un regard contempteur

» Cet être vain que le vulgaire encense,

» Ce ciel tranquille et ces mers sans vengeance

» Qui paraissaient respecter mon bonheur,

» Quand, vers l'Espagne, une affreuse tempête

» Vient éclater sur ma coupable tête.

» Pendant dix jours la mort s'offre à nos yeux

» Sous des aspects plus ou moins odieux;

» Mais à la fin l'élément furieux

» Avec fracas contre ce roc nous jette.

» Au dernier choc, précurseur du trépas,

» Près de tomber dans les mers mugissantes,

» Saisis d'horreur, mes deux fils dans mes bras

» S'étaient jetés : de leurs mains innocentes

» Ils m'enlaçaient tout palpitant d'effroi !

» Mes bras nerveux les serraient contre moi !...

» Nous succombons : les vagues frémissantes

» Lancent enfin, étroitement unis,

» Sur cette plage, et le père et les fils !

    » Quand je r'ouvris mes yeux à la lumière,

» Je vis mes fils pleurant à mes côtés ;

» Mais je ne vis ni leur sœur, ni leur mère.

» Que dis-je? hélas! ô destins irrités !

» Je les revis parmi d'autres victimes

» Qu'à ces rochers rendaient les noirs abîmes.

» Nous arrachions leurs corps chéris aux flots :

» Ce n'était là qu'un prélude à mes maux! »

    Le saint vieillard s'interrompt à ces mots,

Suspend sa marche et frémit ; son visage

De la douleur offre un moment l'image :

Un souvenir a déchiré son cœur ;

Mais reprenant sa force et cette ardeur

Qu'il puise au sein de ce Dieu qu'il adore,

Son œil s'anime et son teint se colore :

Sa forte main prend le bras de Bayard,
Et lui jetant un douloureux regard,
Qu'un long soupir rend plus touchant encore :
« Vous avez su, » reprend-il, « ô guerrier !
» Car cet habit décèle un chevalier,
» Dans les combats, sur la brèche fumante,
» Sous mille aspects qu'offusquait le laurier,
» Du noir trépas braver la faulx sanglante !
» Mais vîtes-vous jamais l'horrible mort,
» Que précédait la faim pâle et tremblante,
» Et dont nul bras, nul secours, nul effort,
» Nul être humain, dans cette horreur croissante,
» Ne retardait la marche menaçante,
» A vos regards dévorer en trois jours
» Deux fils chéris, le fruit de vos amours ! »
Bayard frémit. Le vieillard en silence,
Levant le doigt vers la voûte du ciel,
D'un œil soumis où se peint l'espérance,
Du vaste Éther perçant l'espace immense,
Montre au guerrier, aux pieds de l'Éternel,
Le seul remède à sa longue souffrance,
Et ce repos qui doit être immortel.

Mais reprenant sa marche interrompue,
Le saint vieillard, la voix encore émue,
Poursuit l'aveu de son destin cruel.

  « Après la mort de ma famille entière,
» Mon seul désir était un prompt trépas;
» J'en appelais la faveur meurtrière,
» Le juste ciel ne me l'accorda pas;
» Car il voulait m'accorder la lumière
» Dont quarante ans, en mon erreur altière,
» Je repoussai les bienfaisans éclats.
  » Ce Dieu nous aime alors qu'il nous châtie.
» La rage au cœur, dans mes tourmens affreux,
» Je résolus de finir une vie
» Que m'arrachait en transports douloureux
» La faim aiguë au désespoir unie.
» Dans un accès d'horrible frénésie.....
» Vous voyez bien ce rocher sourcilleux
» Que bat le flot de l'abîme orageux....
» Je m'y traînai; mon aveugle furie
» Veut y chercher un trépas ténébreux:
» A moi, néant! exauce enfin mes vœux !
» En ton repos reçois mon agonie!...

» Je m'élançais, d'une marche affaiblie,

» Au bord du roc, vers le gouffre écumeux :

» Mais tout-à-coup le soleil se dégage

» Du voile obscur, vêtement de l'orage :

» Je lève encore un œil de désespoir

» Vers l'astre heureux que je ne dois plus voir :

» A moi, néant ! seul recours qui me reste,

» Criai-je encor : dans cet instant funeste

» Il me sembla voir une main céleste

» Qui, répondant à mon cri détesté,

» Traçait au ciel ce mot : Éternité! (3

» A cet aspect je recule; mon âme

» Cède à la fin au Dieu qui la réclame,

» Et sur le roc je tombe épouvanté!

» Ce vaste ciel, prodige d'existence!

» Cet astre ardent qui s'élève et qui lance

» Ses flots de flamme au sein de l'univers !

» Cet Océan majestueux, immense,

» Ce roc qui touche aux fondemens des mers !

» Ces voix sans fin de ces êtres divers,

» Nombreux témoins de la toute-puissance,

» Et dont j'entends les sublimes concerts !

» En ce moment me répétaient ensemble :

» Éternité ! Dieu nous a créés !... tremble !

» Je me prosterne, et d'une sainte ardeur

» J'adore un Dieu qui rentre dans mon cœur.

    » Par un vaisseau, frappé du même orage

» Qui me jeta sur ce fatal rivage,

» Je fus sauvé dans l'instant où la mort

» Allait, hélas ! finir mon triste sort.

    » Avant d'entrer dans son flottant asile,

» Avant de fuir ce rivage infertile,

» Sur le plateau de ce roc imposant

» Où m'éclaira la voix du Tout-Puissant,

» Où parle à Dieu ma prière docile,

» Je déposai mes enfans malheureux,

» Et mon épouse y repose auprès d'eux.

» Ma main creusa dans ce roc formidable

» Un seul tombeau qui les tient réunis :

» En sanglotant, hélas ! je lui remis

» Les seuls débris qu'un sort épouvantable

» M'avait laissés de ces objets chéris !...

» Mais je jurai d'y joindre mes débris.

    » Puis, remontant sur l'élément perfide,

» J'aborde en France; un grand dessein m'y guide.

» Je vends des biens désormais superflus,

» Laisse un savoir qui ne me charme plus :

» Je me dévoue au Dieu qui me châtie;

» A ses autels je consacre ma vie ;'

» Et je reçois d'un ministre du ciel

» Les ordres saints et le signe immortel.

    » J'affronte encor les ondes inconstantes;

» Et par mes soins s'élève dans ces lieux,

» A force d'or, cet hospice pieux

» Qui brave en paix les vagues impuissantes.

    » Du grand saint Jean les nobles chevaliers,

» Que j'investis de ma fortune entière,

» Tous les deux ans, pieux hospitaliers,

» Accomplissant notre accord salutaire,

» Viennent porter sur leurs vaisseaux guerriers

» A ce rocher leur secours tributaire.

    » Quand la tempête a soulevé les flots,

» Que le soleil rende le jour au monde,

» Ou que la nuit d'obscurité profonde

» Recouvre encor la surface des eaux,

» Le son bruyant de la cloche chrétienne,

» Qu'une autre main ébranle avec la mienne,

» Dit aux mortels par l'orage assaillis,

» Que Dieu plaça, Providence visible,

» Loin des cités, dans l'Océan terrible,

» Près de l'écueil, port et secours amis.

    » Un autre vœu sur ce rocher funeste

» Auprès des miens ramenait ma douleur;

» A leur chère ombre, ô trop cruel bonheur !

» Je rends les soins d'une amitié céleste,

» Et la prière est le seul bien qui reste

» Quand les objets d'un vertueux amour

» Nous sont, hélas! arrachés sans retour.

» Sur leur tombeau s'élève la chapelle,

» Où de mes mains j'immole chaque jour

» En leur faveur la victime immortelle !

» Oh! que l'impie, en son erreur cruelle,

» Est malheureux; alors que dans ses bras

» Il voit frappé, par la main du trépas,

» Le tendre objet de son amour fidèle!

» Quel désespoir doit alors l'animer!

» Dans le néant, que sa manie appèle,

» Il ne peut plus le revoir ni l'aimer!

I.   13

Ils approchaient cependant du rivage.
« Du Dieu vivant, ô ministre sacré! »
Lui dit Bayard de respect pénétré,
« Êtes-vous seul en cette île sauvage?
» — J'aurais pu seul y pleurer mes malheurs;
» Mais pour m'aider dans mes soins rédempteurs,
» Du culte saint pour servir les mystères,
» Tous les deux ans, de saint Bruno, deux frères
» Relèvent ceux qu'un dévoûment pieux
» Jette avec moi sur ce roc dangereux. »
  Il dit; se hâte, à son esquif arrive,
Le lance en mer, saisit les avirons,
Et plein d'ardeur s'éloignant de la rive,
Fend l'eau tranquille en rapides sillons.
Vers cet écueil qu'à son zèle intrépide
Bayard désigne, ils parviennent enfin;
Et dans la barque, avec le vieil Urbain,
Ils ont reçu l'étrangère timide:
Puis, refoulant l'onde au cristal liquide,
Du saint hospice ils ont pris le chemin.
  Donnant le bras à sa belle compagne,
Bayard gravit la pénible montagne,

Et songe alors qu'avant peut-être un mois
Vont éclater la guerre et les exploits.
Sur ce rocher, ô fatale imprudence!
Il verrait donc enchaîner sa vaillance!
Car il l'a su, le vaisseau de Saint-Jean
N'y doit paraître, hélas! que dans un an.
Eh! que diront et l'armée, et la France,
Et le monarque, et ses preux, et sa cour,
Si des combats, lorsque luira le jour,
Le seul Bayard, trompant leur espérance,
Au noble appel répond par son absence!
Quoi! l'on verra loin des champs de l'honneur
Le chevalier sans reproche et sans peur!
Quoi! de Milan les superbes murailles
S'abaisseront, sans Bayard, sous les lis!
Sforce et Colonne, et leurs guerriers surpris,
L'appelleront au milieu des batailles,
Et cette main, leur portant le trépas,
De leur orgueil ne les châtira pas!
Sotomayor, ce rival qu'il déteste,
Qu'il eût bien fait peut-être d'immoler,
Avec raison pourra donc l'accabler

De son mépris avilissant, funeste !
Au champ de gloire il osera crier :
« Bayard me fuit ! j'ai beau le défier ! »
A ce penser, d'un geste involontaire
Le chevalier, frémissant de colère,
Porte la main sur son glaive acéré :
Puis de douleur, de honte pénétré,
Larme héroïque humecte sa paupière !

Mais j'abandonne Orancine, Bayard,
Et l'écuyer aux soins du saint vieillard ;
Je m'en retourne au bon pays de France,
Où j'ai laissé plus d'une connaissance :
Vous saurez qui, sans faute, un peu plus tard.

FIN DU CHANT VIII.

NOTES

DU CHANT VIII.

1) PAGE 135, VERS 16.

A ce grand nom un saint respect l'inspire ;
Et découvrant son front chauve et pieux, etc.

Toutes les fois que le grand Newton prononçait le nom de
Dieu, il se découvrait la tête par respect.

2) PAGE 137, VERS 3.

Et j'y vis tout, mon fils, excepté Dieu !

On dit que lorsqu'un des premiers astronomes de notre
siècle, mort depuis quelques années, fut présenté, à la tête
des membres du bureau des longitudes, au pape Pie VII,
alors en France, ce vénérable pontife lui dit : « Je suis bien
» étonné qu'un homme aussi savant que vous, Monsieur, et
» qui a vu tant de belles choses dans les cieux, n'y ait pas
» vu Dieu ! »

13...

³⁾ PAGE 142, VERS 11.

. . . . Dans cet instant funeste,
Il me sembla voir une main céleste,
Qui, répondant à mon cri détesté,
Traçait au ciel ce mot : Éternité!

On connaît ce beau passage d'un sermon de l'abbé Poulle :
« L'impie en sa fureur invoque le néant! l'éternité lui ré-
» pond! »

FIN DES NOTES DU CHANT VIII.

CHANT IX.

———

L'APPEL MAGIQUE.

J'AI, que je crois, et si je m'en souviens,
Laissé, trottant vers l'antique Lutèce,
La reine Claude, et sa cour qui s'empresse
A ses désirs de conformer les siens.
De Rambouillet l'aventure étonnante
Eût exercé la langue médisante
D'autres beautés; mais Claude n'aimait pas
Que l'on médit: on médisait tout bas.

En arrivant, sa bonté protectrice
Songe en secret à rendre bon office
Au digne objet de son affection.
Le roi, louant sa noble intention,
Seconde un plan à ses désirs propice,
En invoquant Laure et l'occasion.

Laure à la cour doit cependant se rendre,
Astre brillant du plus beau des tournois.
De douze preux le roi même a fait choix;
Tous à Randan ont le droit de prétendre
Par leur naissance ainsi que leurs exploits.
Mais remarquons que le bon roi de France
En ce cas-ci déploya sa prudence:
Il a choisi des preux d'un âge mûr,
Qui presque tous avaient porté les chaînes
Du saint hymen, et, sans craindre ses peines,
Voulaient refaire un voyage peu sûr:
Tel ce nocher, que les ondes trompeuses
D'un triste sort menacèrent souvent,
Encor froissé d'un naufrage récent,
Court de nouveau sur les mers orageuses,
Et croit dompter la fortune et le vent.

Pas un de ceux dont l'éclatant hommage
A pu, de Laure attirant les regards,
Au jeune roi porter le moindre ombrage,
N'est sur la liste, et dans ces doux hasards
N'est appelé pour montrer son courage.
Non que tout autre, au tournoi proclamé,
Suivant les lois de la chevalerie,
N'eût droit d'entrer, et, d'amour enflammé,
De disputer un prix digne d'envie;
Mais il devait, prouvant ses droits, son rang,
Être agréé par les juges du camp;
Et de François l'amoureuse industrie
Pouvait compter sur un choix complaisant.
  Mais quoi! la cour en vain attendait Laure.
Il a brillé déjà plus d'une aurore,
Et Rambouillet ne rend point à Paris
Cette beauté, rivale de Cypris.
  Bien qu'elle fût bonne, douce, indulgente,
D'un tel oubli la reine est mécontente.
D'étranges bruits circulent à la fin;
Et de la cour tout le public malin
En chuchotant les redit, les augmente,

De cent façons à l'envi les commente,
Et la nouvelle en enfante un essaim :
De vingt marmots la troupe turbulente,
Ainsi l'hiver, d'une neige récente,
Forme une boule inégale d'abord
Et que la main peut saisir sans effort,
Mais qui, roulée incessamment, ramasse
Neige et glaçons, devient énorme masse,
Et de la foule excite le transport.

A Rambouillet, dans une hâte extrême,
Et pour sa fille en secret alarmé,
Polignac vole; il veut voir par lui-même
S'il est enfin bien ou mal informé:
Il vient; partout règne un profond silence;
Parc et jardins, château, tout est désert,
De Laure il voit l'appartement ouvert,
Et nulle part trace de violence :
De tous côtés il cherche, et, confondu,
Il doute d'elle et craint pour sa vertu.
Comment pourtant eût-elle dans sa fuite
Tout entraîné, femmes, valets et chiens,
Ces surveillans, ces fidèles gardiens ?

Il ne saurait s'expliquer sa conduite;
Pour s'éclairer, avec douze soldats
Qui dans ces lieux accompagnent ses pas,
Il compte faire exacte sentinelle,
Et dérouter le diable et sa séquelle.

Mais le château, dans l'esprit des voisins,
Est désormais l'asile des lutins.
L'effroi bientôt se répand à la ronde;
Sans les frissons d'une terreur profonde,
Nul n'ose plus regarder Rambouillet,
De cent récits déplorable sujet.
Les esprits forts, qui ne veulent rien croire,
Osent gloser sur cette étrange histoire.
Lautrec en jure, et Bonnivet en rit;
Et chacun d'eux, plein d'assurance, dit
Qu'il saura bien débrouiller ce grimoire;
Chacun en veut faire sa cour au roi.
A Rambouillet ils arrivent; mais quoi!
Polignac même avec ses sentinelles
Sont disparus, et d'eux point de nouvelles.
Bientôt Lescun, Lesparre, Châtillon,
Accompagnés d'autres preux de renom,

Tout en disant: c'est une extravagance!
Vont du château tenter la délivrance.
Ils s'en raillaient ensemble sans respect:
Ils ont cherché Bonnivet et Lautrec :
Vaine recherche. Inquiets pour ces braves,
Et soupçonnant quelques piéges tendus
A leur valeur, sur leurs pas accourus,
D'autres guerriers comme eux sont disparus,
Et des lutins sont devenus esclaves.
Tout s'engloutit dans ce fatal château
Pendant l'automne un rapide ruisseau
Entraîne ainsi dans une fondrière
Des vieux tilleuls la dépouille légère.
    Voici comment les choses se passaient :
Nos dignes preux, incapables de crainte,
Sans s'en douter, de cette triste enceinte
La loi magique ensemble subissaient:
Dès que leurs yeux en avaient vu les salles,
Ils y bâillaient à fréquens intervalles;
Sous eux bientôt leurs genoux fléchissaient,
Et d'un bon somme à la fin ils ronflaient.
Tout aussitôt les lutins, sans mot dire

Et sans troubler leur paisible sommeil,

Vous les portaient, loin des yeux du soleil,

Dans un séjour soumis à leur empire.

« Qu'est donc ceci? » disait François premier

Au grand Duprat, de France chancelier :

« Que pensez-vous d'une telle aventure ?

» Dans tous mes preux quelque malin sorcier

» Oserait-il ici me faire injure!

» Il fait courir les uns comme des fous,

» De tous côtés, sans frein ni sans mesure;

» Les autres vont et disparaissent tous

» Dans ce château d'infernale structure!

» Depuis trois jours, d'Annebaut et Crillon,

» D'Aubigny, Guise, et le duc de Bourbon,

» Et Galiot, et Lamarck, et Sancerre,

» Ces braves chefs, ces foudres de la guerre,

» Prêts à voler à des exploits nouveaux,

» Sont arrachés à mes nobles drapeaux.

» Si de mes preux l'élite m'abandonne,

» Jamais Milan ne subira mes lois. »

Le chancelier répond : « Ceci m'étonne,

» Sire; et s'il faut dire ce que je crois,

14

» A Rambouillet le diable est en personne.

» Mais vous savez que je n'en ai pas peur.

» Toute ma vie, avec bien d'autres diables,

» Vos gens de loi, j'en vins à mon honneur :

» Ceux-ci plus qu'eux sans doute sont traitables.

» Je veux les voir. S'il s'agit de sorcier,

» Sire, jadis j'en appris le métier ; (²

» Maître Agrippa m'a montré sa science. »

Il raille au fond, le chancelier de France ;

Mais par ces mots il veut faire sa cour

A la princesse alors toute puissante,

Dont il obtint la faveur éminente

Et dont son maître avait reçu le jour :

C'était la belle et sévère Louise, (³

Que la Savoie à la France donna,

Qui bien souvent sous son fils gouverna,

Et lui fit faire un jour une sottise.

Le roi, sa mère, au fond d'un cabinet,

Avec Duprat discutaient en secret,

Eux en riant, la princesse avec crainte,

Sur les effets de la magique enceinte :

« Ah! » dit Louise en poussant un soupir;

« Maître Agrippa nous fait, hélas! sentir

» De son courroux l'influence fatale :

» C'est un des traits de sa docte cabale.

» On s'en moqua naguères à la cour;

» Sur tous nos preux il se venge en ce jour.

» Cher chancelier, faites, je vous l'ordonne,

» Chercher partout cette docte personne :

» Avec de l'or, tâchant de l'apaiser,

» A ses desseins faisons-le renoncer.

» Allez, mon fils; je veux avec mystère

» Traiter ici moi-même cette affaire.

» Du secret donc, et je réponds de tout.

» —Soit, » dit le roi; « mais je réponds surtout

» Que mon prévôt l'enverra chez le diable,

» S'il est l'auteur de ce tour détestable. »

Il dit et part. Lors Louise reprit :

« Ah! chancelier, cet Agrippa maudit,

» Vous le voyez, pour tourmenter leurs âmes,

» De leurs maris il prive ici cent femmes,

» De leurs amans mainte et mainte beauté ;

» Et par l'absence, en sa malignité,

» Les invitant à l'infidélité,

14..

» Pense-t-il donc faire pâlir leurs flammes?

» Un trouble affreux règne dans ma maison :

» Depuis trois jours ce bon duc de Bourbon.... »

Elle rougit, s'arrête, et son silence

Est entendu du chancelier de France,

Qui lui répond : « Vraiment, c'est conscience!

» Et nos beautés sans doute ont bien raison

» De s'alarmer d'une pareille absence.

» Il faut, Madame, appeler à l'instant

» Cet Agrippa, car le cas est urgent.

» — Cruel Bourbon! pourquoi, » reprend Louise,

« Aller tenter la fatale entreprise?

» Dieu! chancelier, peut-être que ses jours!....

» Hâtez-vous donc! ordonnez qu'on amène

» En ce palais, pour me tirer de peine,

» Ce savant homme aux merveilleux discours.

» — Il n'est besoin de bouger de la place, »

Répond Duprat, « pour forcer son audace

» A comparaître; et j'en sais le moyen,

» Qu'il m'expliqua dans un docte entretien.

» Il faudra bien qu'il change de système,

» Et qu'à chacun il rende ce qu'il aime.

» Ne craignez rien s'il paraît devant vous

» Sous quelque forme étrange ou formidable,

» Car je le sais d'une humeur irritable;

» Et tout sorcier d'effrayer est jaloux :

» Présentez-lui, pour le rendre traitable,

» Force écus d'or : tel grand fût son courroux,

» Qu'au même instant il est à vos genoux :

» Ce beau métal attendrirait le diable.

» Mais au grand œuvre enfin préparons-nous. »

Déjà Phébus a fini sa carrière ;

L'astre au nocturne et paisible flambeau

Cache aux trois quarts son visage nouveau ;

Un crêpe obscur couvre cet hémisphère ;

Il est minuit, tout dort dans le château :

Le chancelier a soufflé la lumière

Du cabinet, théâtre du mystère ;

Puis entr'ouvrant la fenêtre sans bruit,

D'un certain signe a salué la nuit.

Lors, d'une voix profonde et souterraine,

Qu'il interrompt trois fois à temps égaux,

Distinctement il prononce ces mots :

Phoras...Hemma... Scem...Rap : puis d'une haleine

14...

Il dit neuf fois d'une bouche hautaine :

AP...PIR...GA...SNEIV !—Il frappe au même instant,

Par dix-huit fois et d'un air imposant

De son index son front retentissant ;

Enfin s'écrie avec une voix forte :

« Si tu ne viens, que le diable t'emporte,

» En te tordant le cou d'un bras puissant. » (4

    Au dernier mot la porte s'est ouverte :

D'un voile d'or Louise s'est couverte :

Et s'entourant de phosphoriques feux,

Notre sorcier, en tigre furieux,

Grinçant les dents, apparaît à ses yeux.

Trente écus d'or que d'une main discrète

Et promptement la princesse lui jette,

En un clin d'œil le changent en lion :

Quarante encor l'ont réduit en levrette ;

Cent l'ont bientôt fait bêler en mouton :

« Noble Agrippa, prends ta forme ordinaire

» Sans plus attendre, et sois-nous débonnaire :

» Deux cents écus en deviendront le prix, »

Lui dit Duprat. A leurs regards surpris,

Un petit homme à la vive prunelle ;

A l'œil concave, aux membres rabougris,
Au teint de cuivre, à la voix fausse et grêle,
Se montre, et dit d'un ton sec et bourru :
« A ton appel je me rends : que veux-tu?
» — Grand Agrippa, tu le sais bien d'avance
» Ce que je veux. Par quel coup de ton art
» En Juif-Errant fais-tu courir Bayard
» Et tant de preux les soutiens de la France?
» Pourquoi surtout, dis-moi, dans Rambouillet,
» Depuis huit jours fais-tu le diable à quatre?
» Et quand nos preux sont tous prêts à combattre,
» Pourquoi, sorcier, comme dans un filet,
» Les prends-tu tous, parle, et qu'en as-tu fait?
» — Tes questions sont vives et pressantes, »
En souriant lui réplique Agrippa :
« Eh! qui t'a dit que de mes mains puissantes
» Partent les traits dont notre art vous frappa?
» N'est-il que moi de sorcier dans le monde?
» Il en est un, beau, jeune, et dont l'amour
» Éclaire encor la science profonde;
» Et c'est lui seul qui vous joua ce tour.
» De l'adroit Sforce il sert la politique,

» En même temps qu'il cherche à captiver

» Le bel objet qui lui fait éprouver

» Tous les transports d'un amour frénétique.

» Sforce a pour lui le brave Helvétien

» Et ce Colonne, honneur de l'Italie;

» Mais Sforce encor du destin se défie,

» Cherche un autre aide, et je crois qu'il fait bien,

» Contre ce roi très brave et très chrétien

» Dont la valeur a pour guide et soutien

» L'antique fleur de la chevalerie.

» Sforce invoqua, pour vous intriguer tous,

» Ce beau sorcier qui d'un enchanteur maure

» Tient ce grand art que le vulgaire ignore,

» Et de François conjure ainsi les coups.

» Il envoya jusques dans sa cour même

» Cet ennemi dont l'adroit stratagême

» Trompe ses preux, et, rompant ses desseins,

» Du Milanais lui ferme les chemins.

» —Serait-il vrai? » s'écrie alors Louise :

« Eh! ces guerriers que sa lâche surprise

» Naguère encore arracha de la cour,

» Où sont-ils donc? —Oh! dans un beau séjour;

» Sous Rambouillet, dans le sein de la terre,

» Où ces héros, ces foudres de la guerre,

» Se reposant tranquilles, sans chagrins,

» Et de la France oubliant les destins,

» Se font bercer par d'aimables sylphides

» Aux traits charmans, aux yeux doux et timides,

» Au teint de rose, à l'aspect séducteur,

» Qu'y rassembla cette honnête enchanteur :

» Il y joignit langoureuses ondines;

» Et variant un si parfait bonheur,

» Il y mêla sémillantes lutines

» Qui de vos preux, par attentions fines,

» Sous forme humaine enchaînant la fierté,

» Et s'unissant à leur humanité,

» Vont obtenir douce immortalité;

» Car vous savez, ô mon ancien confrère!

» Que c'est le but du peuple élémentaire.

» — Cher Agrippa, tout mon or est à vous, » [5]

Reprend Louise en son transport jaloux,

« Si vous rompez ce stratagème horrible!

» — Je le veux bien; j'y ferai mon possible :

» Mais ce n'est pas très facile, entre nous. »

Chers auditeurs, je vous quitte, adieu tous ;
Je vais dormir : et fort je vous conseille
D'en faire autant sur l'une et l'autre oreille.

FIN DU CHANT IX.

NOTES

DU CHANT IX.

1) PAGE 157, VERS 7.

« Dans tous mes preux, quelque malin sorcier
» Oserait-il ici me faire injure? »

L'astrologie et la magie furent très en vogue sous François Ier. Un auteur rapporte que pendant que les deux fils du roi étaient en otages en Espagne, ce prince fit venir à sa cour un magicien allemand qui lui promettait de ramener ces deux princes d'Espagne en France, à travers les airs.

(GAILLARD, *Hist. de François Ier.*)

2) PAGE 158, VERS 7.

.... S'il s'agit de sorcier,
Sire, jadis j'en appris le métier, etc.

La foule des historiens du temps ne présente pas le chau-

celier Duprat sous un aspect bien favorable : tout en lui accordant les talens d'un grand homme d'état, ils lui ont fait
une réputation privée fort équivoque et assez décriée. Il
avait été simple avocat. Après avoir parcouru les différens
grades de la magistrature, la faveur de Louise de Savoie
l'éleva à la place de chancelier de France. Ce fut lui qui in-
troduisit la vénalité dans la magistrature.

3) PAGE 158, VERS 14.

C'était la belle et sévère Louise
Que la Savoie à la France donna, etc.

La comtesse, depuis duchesse d'Angoulême, mère de François Ier., eut toutes les superstitions de son siècle et son goût
pour l'astrologie. Elle frémissait au seul mot de mort, et ne
pouvait souffrir de l'entendre même dans la bouche des pré-
dicateurs. Dans sa dernière maladie, qui ne paraissait pas
dangereuse aux médecins, elle aperçut au milieu de la nuit
une grande clarté dans sa chambre : elle tire ses rideaux et
reconnaît que c'est l'éclat d'une comète. Elle fait fermer les
fenêtres, et s'écrie avec effroi : « Ah ! ce signe menaçant est
» mon arrêt de mort ! C'est à moi de l'entendre ; et il faut me
» préparer à franchir ce terrible passage. » Son confesseur,
ses médecins l'assurent pourtant qu'ils la trouvent bien. « J'ai
» vu, leur répète-t-elle, le signe de ma mort ! sans cela je

» penserais comme vous, car je ne me sens point de mal. »
Et bientôt après elle meurt. Effet ordinaire d'une imagi-
nation superstitieuse trop fortement frappée.

Louise de Savoie mourut à Grès, en Gatinois, en 1531,
âgée de cinquante-cinq ans. Ce fut une des plus belles
femmes de son temps. Son plus beau titre sans doute est
d'avoir été la mère de François Ier. et de Marguerite, reine
de Navarre.

4) PAGE 162, VERS 7.

» Si tu ne viens, que le diable t'emporte,
» En te tordant le cou d'un bras puissant ! »

Je ne sais trop si cet appel magique est bien dans les
règles de l'art : les sorciers le critiqueront s'ils veulent.

5) PAGE 165, VERS 18.

« Cher Agrippa ! tout mon or est à vous, »
Reprend Louise en son transport jaloux :
« Si vous rompez ce stratagème horrible. »

Henri-Corneille Agrippa, né à Cologne en 1486, fut d'une
humeur inconstante et vagabonde. Il embrassa presque tous
les états, fut secrétaire de l'empereur Maximilien Ier., puis
militaire, docteur en droit, médecin, théologien; parcourut
toute l'Europe, tantôt bien accueilli, tantôt persécuté.

15

Il ne fut attaché, en effet, en qualité de médecin et d'astrologue à la duchesse d'Angoulême qu'en 1524. Il déplut à cette princesse, qui le chassa; et l'astrologue se vengea d'elle en l'appelant *Jezabel*. Il passait pour sorcier à la cour de François Ier. Prêt à se retirer dans les Pays-Bas, il fit demander un passeport au duc de Vendôme : « Je ne veux rien » signer pour ce sorcier, » répondit le duc. Cependant il finit par donner ce passeport. Il fut en guerre continuelle avec les moines, mena une vie errante et malheureuse, dit des injures aux catholiques et aux réformés. Il appelait Charles-Quint *Nabuchodonosor*. Agrippa eut enfin toutes les réputations les plus contradictoires, surtout celle de magicien, lui qui passa toute sa vie dans la misère et l'oppression. Ses deux ouvrages les plus connus et les plus célèbres sont: la *Philosophie occulte* et son *Traité de la Vanité des sciences*. Il mourut enfin à Grenoble, à l'hôpital, dit-on, vers 1535 ou 1536.

Il fut, disent les auteurs de la *Biographie universelle*, catholique autant que pouvait l'être un homme qui distribuait des formules pour composer des parfums et des talismans magiques, etc. On a peint assez bien cet homme singulier lorsqu'on a dit de lui : *Nulli hic parcit; contemnit, scit, nescit; flet, ridet, irascitur, incitatur, carpit omnia. Ipse philosophus, Dæmon, heros, Deus et omnia.*

Les érudits, et ce sont de terribles gens que les érudits! trouveront peut-être à redire au sujet de l'anachronisme que je commets par rapport à cet Agrippa: ils me diront qu'en 1515 ce docte personnage, que je représente dans tout le cours de mon poëme comme déjà vieux, n'avait effectivement que vingt-neuf ans, et qu'il est mort à quarante-neuf ; mais laissons dire les érudits : si Virgile avait écouté ceux de son temps, nous n'aurions pas l'immortelle épisode de Didon !

FIN DES NOTES DU CHANT IX.

CHANT X.

LES BLESSÉS.

Vous prétendez sans doute, en ce moment,
Que sans préface et vite je vous dise
Ce qu'il advint avec le négromant,
Le chancelier et la fière Louise;
Ce qu'Agrippa voulait faire; et comment
Il expliqua sa magique entreprise
Contre l'adroit et charmant enchanteur
Qui menaçait de son sceptre vainqueur
Laure troublée et la France surprise?
Oh! vraiment oui! j'en ai bien le loisir!
En cet instant j'ai bien une autre affaire!
Je la laissai trop long-temps en arrière;

15...

Et maintenant, sauf votre bon plaisir,
Sans nul retard il y faut revenir :
Eh ! tous mes preux qui battent la campagne
Comme Bayard, et que d'autres lutins
Ont égarés si loin des vrais chemins,
Et font trotter par val et par montagne;
Ne faut-il pas vous dire leurs destins ?

   Pendant huit jours ils ont couru la France;
Et leurs lutins les ont si bien menés,
Que six d'entre eux se trouvent nez à nez
Près d'un château de la haute Provence.
C'étaient Durfort, La Palice, Rohan,
Montmorency, La Trémouille et Sabran.
Ce vieux château, qui Beaudinard s'appelle, (¹
Est surmonté d'une antique tourelle,
Enveloppé de longs fossés sans eau,
Et gît le long d'un rocailleux coteau.

   A la lueur d'une lune incertaine,
Ils ont tous vu Laure et son ravisseur,
(Et cet aspect augmente leur fureur)
Dans le manoir s'élancer hors d'haleine.
   Mais La Trémouille accourant le premier,

Près de la porte arrête son coursier ;
Puis se tournant d'une façon hostile
Vers ses rivaux qui viennent à la file,
La voix altière et l'air impérieux,
Sans préambule, il leur dit : «Je déclare
» Que nul de vous n'entrera dans ces lieux
» Qu'il ne m'ait fait expirer à ses yeux.
» J'ai parcouru tout ce pays barbare;
» Je trouve Laure enfin, et mon courroux,
» Qui trop long-temps se fatigue et s'égare,
» Avec raison de ce logis s'empare.
» Je veux punir le ravisseur sans vous;
» Et vous pouvez rebrousser chemin tous!»
    Disant ces mots, et descendant de selle,
Les autres preux l'imitant sans retard,
Il se prépare à la fière querelle
Et fait briller son glaive à leur regard.
    Sabran pourtant, tout bouillant de colère,
A reconnu son toit héréditaire :
Et du fourreau sortant le fer : « Eh quoi !
» Vous me voulez mettre hors de chez moi? »
Lui répond-il . « C'est ici ma demeure !

» De cette porte ôtez-vous tout-à-l'heure!

» —Ce vieux manoir appartînt-il au roi? »

A répliqué La Trémouille en furie,

» Il n'entrerait sans m'arracher la vie!

» Je vous en donne, encore un coup, ma foi! »

De son lutin déplorable influence!

Et quel propos dans la bouche d'un preux!

Sabran sur lui s'élance furieux,

Et du propos prétend tirer vengeance.

Durfort disait d'un air brusque et hautain,

En arpentant à grands pas le chemin :

« Mille démons! quel excès d'arrogance!

» Ce La Trémouille est-il fat en son cœur!

» Si de Sabran il demeure vainqueur,

» Ce bras saura punir son insolence.

» — C'est à moi seul qu'il appartient ici

» De le punir, » répond Montmorency :

» Ce passe-droit que vous voulez me faire

» (Près du château j'arrivai le second);

» Vous m'entendez, a lieu de me déplaire!

» Je ne sais point endurer un affront. »

Dire ces mots, tirer sa forte lame,

Et voir Durfort, qui met l'épée au vent,
Fondre sur lui, ne fut qu'un même instant,
Et tous les deux la rage les enflamme.
« Oh ! battez-vous, » dit La Palice alors :
« Moi, j'attendrai qu'épuisant vos efforts,
» Votre folie et votre vain caprice,
» De votre long vous couchent sur la lice;
» Et, sans obstacle, au fatal ravisseur,
» Dans ce château j'irai percer le cœur,
» Et j'obtiendrai Randan et le bonheur !
» — Ce propos-là, monsieur de La Palice,
» N'est, je le dis et tout net et tout franc,
» D'un chevalier loyal, » reprit Rohan;
« Quand on le tient, il faut qu'on en rougisse :
» Me comptez-vous d'ailleurs ici pour rien ?
» Fussent-ils morts tous quatre, sachez bien
» Que ce bonheur que votre amour se forge,
» Vous ne l'aurez qu'en me coupant la gorge ! »
Lors La Palice : « Eh bien ! dépêchons-nous :
» Si tôt ou tard il faut que je vous tue,
» Finissons-en. » Et d'une âme éperdue
L'un contre l'autre ils volent en courroux.

Les six guerriers, ardens à la bataille,
Du vieux château font trembler la muraille,
Et les échos des bois et du vallon
Ont répété leurs coups d'estramaçon.

De ces rivaux déplorable délire !
Est-ce l'amour, ô ciel ! qui les inspire,
Ou leur lutin qui les rend si quinteux
Et leur fait rompre un serment généreux ?
C'est l'un et l'autre, hélas ! il faut le dire ;
Du double charme ils éprouvent l'empire.
Tous acharnés à ces fatals combats,
Leur sang jaillit, ils ne s'en doutent pas !

Mais La Trémouille, à la taille d'Hercule,
Au bras de Mars, aux formes de Pâris,
A l'œil de flamme, aux grâces d'Adonis,
Garde son poste et d'un pas ne recule,
Et sur Sabran, de fureur enivré,
Porte les coups d'un estoc acéré.
Si cela dure, il faut qu'un des deux meure.

On se battait depuis près d'un quart d'heure ;
Voilà-t-il pas qu'Harcourt, que son lutin
Avait aussi conduit par ce chemin,

Aux coups pressés de la fière bataille,
Au cliquetis de leur glaive inhumain,
Sort du manoir et reconnaît soudain
Ses compagnons que la fureur travaille :
« Êtes-vous fous? » leur cria-t-il enfin ;
« Quoi! des amis qui se percent le sein!
» Mon cher Sabran, mon ami La Palice,
» Écoutez donc! La Trémouille, arrêtez!
» Durfort! Rohan! qu'un tel combat finisse!
» Montmorency, de vos sens irrités
» Calmez l'ardeur; souffrez qu'on éclaircisse
» Pour quel sujet..... » Les rivaux indomptés,
Dans leur surprise, à cette voix propice
Ont suspendu leurs coups précipités.
« De mon château, ce rival intraitable, »
Lui dit Sabran; « espère me chasser,
» Pour me ravir cette Laure adorable
» Que la fortune, à mes feux favorable,
» En ce moment a voulu m'adresser!
» Vit-on jamais orgueil plus condamnable?
» Dis, ai-je tort? — Laure dans ce château! »
Reprend Harcourt : « Es-tu fou du cerveau?

» Je l'avais cru : mais c'est une chimère
» Dont quelque traître, habile en son métier,
» Nous a leurrés ; car, foi de chevalier,
» Ombre de Laure en ce lieu solitaire
» N'est apparue. Ainsi, de la colère,
» Mes compagnons, réprimant le transport,
» Cessez la guerre et soyons tous d'accord. »
   Vous avez vu souvent une mêlée
D'enfans mutins par la fureur troublée :
On jure, on crie, on frappe en même temps,
On se meurtrit ; les petits combattans
Sur le terrain se roulent haletans :
Si quelque sage et prudente personne
Verse sur eux du haut de son balcon
Force seaux d'eau, la troupe alors s'étonne,
Regarde en l'air, fuit, et dans sa maison
Chacun se sèche et reprend sa raison.
Dans le fourreau les six preux, sans mot dire,
Ont mis leur glaive, instrument de délire,
Un peu honteux devant leur compagnon :
   « S'il est ainsi, » dit le fier La Trémouille (a
En essuyant la sueur qui le mouille,

« Sabran, tu peux entrer dans ton manoir;

» Et puisqu'enfin la bizarre fortune

» Vers ton château nous a conduits ce soir,

» Reçois-y nous sans fiel et sans rancune.

» Quand j'élevai ce funeste conflit,

» Je fus poussé par un diable maudit :

» J'eus tort, vraiment, il faut que j'en convienne.

» Pardonne-moi, mon brave! et que de haine

» Aucun levain ne reste en ton esprit.

» Pour moi, je sens tout mon corps à la gêne

» Des coups d'estoc dont ton bras m'assaillit,

» Et de tes soins je réclame un bon lit. »

Sabran était plus que lui hors d'haleine.

D'un sang vermeil il rougissait l'arène ;

Mais, dépouillant défiance et dépit,

De leur serment tous renouant la chaîne,

Chacun s'embrasse enfin, et tout est dit.

Dans le château tous sept entrent ensemble,

Et sous leurs pas le vieux pont-levis tremble.

Harcourt disait : « Mes nobles compagnons,

» Si vous suivez l'avis que je vous donne,

» Sans nous repaître encor de visions,

» Dans ce logis nous nous reposerons,

» Puis nous irons où l'honneur nous ordonne. »

Ainsi parlant, Harcourt a ses raisons.

Force était bien à ses preux camarades

De s'arrêter dans l'antique manoir :

Ils sont rendus, et leurs membres malades

D'aller plus loin leur laissent peu d'espoir.

Sabran guidait la troupe belliqueuse,

En lui faisant les honneurs du logis ;

Du vieux château la salle spacieuse

S'ouvre à sa voix. Les guerriers affaiblis,

De pieds traînans, tardifs, appesantis,

Font retentir cette enceinte poudreuse,

Dont les échos, de leur aspect surpris,

Ont répété leur plainte douloureuse.

Presqu'à-la-fois ils se sont tous jetés

Sur les longs bancs qui d'une table antique,

De forme oblongue, entourent les côtés :

D'un haut pilier pend une lampe unique ;

Conque d'airain, au bec pointu, d'où sort

Mêche enflammée ; et dont le faible effort

Donne à l'entour clarté problématique.

Malgré ses maux dont s'augmente le poids,
Le bon Sabran adresse alors la voix
A la fidèle et prudente Gertrude,
Qui de ces lieux sait l'ordre et l'habitude,
(Son lait propice autrefois le nourrit),
Et, tête basse et penchée, il lui dit
De préparer, active à son office,
Pour ses amis repos frais et propice.
La chambre antique et vaste, qui toujours
A, de la mode ignorant le caprice,
De ses aïeux contemplé les amours,
Et la naissance et le dernier des jours;
Doit recevoir sous son toit respectable
Ces preux et lui que la fatigue accable.

Mais il comptait sur cet asile en vain;
La place est prise, et le fait est certain.
Par qui? comment? La nourrice le jure,
Elle ne peut expliquer l'aventure :
Mais il est sûr qu'en ses propres rideaux,
Dans son lit même, et sur ses beaux carreaux,
Paisiblement et gentiment sommeille
Une beauté qui n'a pas sa pareille,

16..

Et qui d'Apelle eût charmé les pinceaux.

    A ce récit, qui frappe leur oreille,
De nos amans la flamme se réveille :
Sur leur rival leurs regards scrutateurs
Se sont tournés, muets accusateurs !
Voulait-il donc à leur âme blessée
Dérobant Laure.... Harcourt voit leur pensée :
« Braves guerriers, un chevalier français,
» Digne vraiment de sa noble origine,
» Hait l'artifice et ne mentit jamais !
» Laure, en effet, cette beauté divine,
» N'est point ici, je vous l'affirme encore:
» Mais ton château garde un autre trésor,
» Mon cher Sabran, c'est sa belle cousine !
» C'est Alicie ! — Alicie ! ô destin ! »
Ont répété les dignes preux soudain.

« Oui, » reprend-il; « Alicie ! et je jure
» Que je ne sais ni pourquoi ni comment
» Le sort nous l'offre en ton appartement.
» Prenant pitié de ma triste aventure,
» Sans l'éveiller et fort discrètement
» Gertrude vient, à mon étonnement,

» De présenter l'aimable créature,

» Chef-d'œuvre heureux, orgueil de la nature!

» Et pour jamais me voilà son amant! »

Ce peu de mots les calme et les rassure.

Sabran répond : « Ainsi soit; mais vraiment

» Cette aventure est étrange et nouvelle:

» Laissons en paix reposer cette belle. »

C'était bien dit; car nul d'eux sûrement,

Dans leur faiblesse et leur accablement,

N'eût pu bouger de place en ce moment,

Ni provoquer encor quelque querelle;

Tous se sentaient corps et cœur défaillir,

Et Sabran tombe en poussant un soupir.

Dans le tumulte où cet accident jette

Des serviteurs la foule qu'il arrête,

Sans dire mot, et d'un air empressé

Hors de la salle Harcourt s'est élancé

Droit vers la chambre où doucement repose

Cette Alicie, au teint couleur de rose.

Chers auditeurs, dans son transport soudain

N'imaginez aucun mauvais dessein :

Nul, j'en suis sûr, et je dois vous le dire,

16...

Car j'ai bien vu votre malin sourire.

Oui, d'Alicie Harcourt sait le talent;

Plus d'une fois il vit ses mains charmantes

Presser le suc des simples et des plantes,

Et des blessés calmer le mal ardent.

    Discrètement sa main frappe à la porte :

« Belle Alicie, enfin, éveillez-vous. »

Point de réponse : et d'une main plus forte

Harcourt alors a redoublé ses coups.

« Qui frappe ? » dit la timide Alicie

En s'éveillant et non sans quelqu'effroi.

— « Ne craignez rien, » lui répond-il; « c'est moi.

» —Qui donc?—Harcourt.—Quelle audace inouïe!

» Quoi! dans la nuit, au fort de mon sommeil,

» Venir ainsi!—Calmez-vous, je vous prie;

» Pardonnez-moi de hâter un réveil

» Qui, je l'espère, enfin rendra la vie...

» — Qu'osez-vous dire?... et quel lâche projet?...

» —Oh ! croyez-moi, noble et charmant objet

» Du pur amour dont le feu me dévore,

» Car désormais, c'est dit, je vous adore!...

» À votre porte, ici, j'en fais serment!...

» Croyez... hélas! je m'égare.... ô tourment!

» Si près de vous!... Mais quoi! je viens vous dire

» Que six guerriers.... vous plaindrez mon martyre,

» N'est-il pas vrai?.. vous m'aimerez?—Vraiment!

» Je n'en sais rien... Quel singulier délire!...

» Que veniez-vous me dire en ce moment?

» Ces six guerriers?—Oui... dites seulement...

» Puis-je espérer?—Ah! quel entêtement!

» Eh bien! après, cher Harcourt!—Je respire!

» Six chevaliers blessés, près de périr,

» Sont dans ces lieux; daignez les secourir. (³

» — Ciel! des blessés! » A ces mots, sa belle âme

Cède sans peine au vœu qui la réclame;

Et se croyant encore à Rambouillet,

D'un saut léger, et sans se faire attendre,

Hors de son lit... Mais, qu'est-ce? A ce sujet

N'allez-vous pas encore me reprendre?

Eh! la décence, allez-vous dire? Eh bien!

Je ne la blesse, à mon avis, en rien;

Car vous saurez que ces lutins honnêtes

Qui dispersaient de Laure les amans,

Les serviteurs, les amis, les soubrettes,

Pour la livrer aux doux enchantemens,

Du beau sorcier dont ils sont les agens,

Avaient eu soin de vêtir Alicie

Comme il fallait : et dans l'air endormie,

Tout doucement en leurs bras amoureux ,

Sans l'éveiller l'ont portée en ces lieux.

    Vers les blessés le tendre Harcourt la guide

En l'éclairant d'une lampe d'airain

Qui vacillait dans sa guerrière main,

Et lui disait d'un air touchant, timide :

« De mes amis le mal sans doute est grand;

» Moins que mon cœur ils sont blessés pourtant !»

Sans lui répondre elle marche, elle tremble ,

Baisse les yeux et rougit tout ensemble.

A la clarté qu'il porte en l'abritant

Contre une main qui repousse le vent,

Le jeune Harcourt contemple un sein d'albâtre

Que fait mouvoir un cœur qu'il entend battre : (4.

Et le reflet de la vive clarté

Donnant sur elle, embellissait encore

Joue arrondie, image de l'aurore

Lorsque Tithon l'enflamme et la colore

Des feux d'amour dont il est transporté.

Elle avançait d'une marche légère.

Cet embarras, ce trouble involontaire

Qu'éprouve un cœur quand la première fois

Du tendre amour il écoute la voix;

Cette pitié qu'accompagne la crainte

Au triste aspect d'un appareil de sang,

Ont empêché son œil compâtissant

De se fixer sur l'étrangère enceinte

Qu'elle parcourt, et de voir qu'en effet

Elle n'est plus au sein de Rambouillet.

Près des blessés elle arrive et s'empresse.

D'un linge blanc qu'assouplit la vieillesse

Déjà ses mains ont formé des lambeaux :

Sous le tranchant de ses légers ciseaux

On voit soudain s'équarrir la compresse,

Tomber la bande en ondoyans anneaux,

Qu'un doigt agile égalise en rouleaux ;

Puis son active et prévoyante adresse

Découpe, effile, amasse en tas moelleux

Les plus usés de ces lambeaux nombreux.

Enfin la plaie est offerte à ses yeux :

Avec grand soin, d'une main sûre et blanche
Elle y répand une eau tiède, en étanche
Le sang versé par un bras furieux :
En doux flocons la charpie amassée
Est sur la plaie adroitement placée,
Et sous le linge où ses doigts délicats
Versent un suc ennemi du trépas,
Par une bande elle est assujettie ;
Chaque blessé reçoit d'elle la vie.
Les nobles preux dans la salle couchés
Sur des carreaux qu'à la hâte on arrange,
De tant de soins reconnaissans, touchés,
Dans Alicie ont cru voir un bel ange
Qui les a tous à la mort arrachés.

FIN DU CHANT X.

NOTES

DU CHANT X.

¹⁾ PAGE 174, VERS 14.

Ce vieux château qui Beaudinard s'appelle.

Terre appartenant, depuis l'an 1200, à une branche de la maison de Sabran, et que l'orage révolutionnaire lui a enlevée.

²⁾ PAGE 180, VERS 21.

« S'il est ainsi, » dit le fier La Trémouille.

J'écris le nom de La Trémoille comme il se prononce, *La Trémouille*, pour la rime.

3) PAGE 187, VERS 11.

» Six chevaliers blessés, près de périr,
» Sont dans ces lieux ; daignez les secourir.

On sait qu'à l'époque de la chevalerie, et même plus tard,

dans certaines contrées d'Europe, les demoiselles et filles de condition s'adonnaient à la connaissance des simples et des plantes propres à la guérison des malades et des blessés; et que même elles s'instruisaient jusqu'à un certain point dans l'art de la chirurgie, et particulièrement dans le pansement des blessures.

4) PAGE 188, VERS 18.

Que fait mouvoir un cœur qu'il entend battre.

Entendre battre un cœur! dira-t-on. J'ai tâché de me justifier cette expression à moi-même. La respiration d'une personne qui marche et qui en même temps est fortement émue et agitée, n'est-elle pas, si je puis m'exprimer ainsi, sacadée, et n'aperçoit-on pas, *n'entend-on* pas enfin, par l'effet de cette même respiration, le cœur d'une jeune personne battre sans qu'elle parle?

FIN DES NOTES DU CHANT X.

CHANT XI.

———

LE TALISMAN.

IMAGINEZ, s'il se peut, la douleur
Qui d'Alicie, hélas! saisit le cœur,
Quand les rayons de la naissante aurore,
Dans les travaux d'une active vertu,
Près des blessés la retrouvant encore,
Offrent enfin à son œil éperdu
Ce vieux manoir qu'elle n'a jamais vu!
En sa surprise, et de terreur muette,
Doutant des preux et d'elle tour-à-tour,
Elle portait une main inquiète

17

Sur tout son corps, sanctuaire d'amour,
Pour s'assurer si quelqu'étrange songe
Ne l'abusait par un triste mensonge !...
Par quelle ruse ou quel complot affreux,
Dans son sommeil transportée en ces lieux...
Vers son amant elle tourne les yeux :
« Harcourt ! » dit-elle, et deux sources de larmes
Ont tout-à-coup, en inondant ses charmes,
Interrompu ses accens douloureux.
Le jeune preux, qui comprend ce reproche,
D'elle aussitôt tendrement se rapproche ;
Il veut calmer sa crainte et sa douleur ;
Par son amour, par son honneur, il jure
Qu'il n'a point part à l'étrange aventure ;
Et que, frappé par le traître enchanteur,
Depuis huit jours de vertige et d'erreur,
Toujours absent du vieux château de Laure,
En ce manoir l'avant-dernière aurore
L'avait enfin guidé pour son bonheur.

   Amour ! amour ! vrai dieu de l'éloquence !
Toi seul tu peux mieux que maint orateur
Persuader avec toute puissance

Et maîtriser la raison et le cœur !
L'œil d'Alicie avec douceur s'arrête
Sur son amant; et ce tendre interprète
Assure Harcourt qu'il raisonne en vainqueur.
Mais elle dit: « Ah! qui pourra donc croire
» Cette fatale et singulière histoire!
» Que deviendront mon honneur et ma gloire?
» — Chère Alicie! eh bien, devant ces preux, »
Reprend Harcourt la dévorant des yeux,
« Dans ce château formons à l'instant même
» Les nœuds sacrés de mon bonheur suprême,
» Et consentez au plus cher de mes vœux!
» Noble orpheline, Angennes votre père,
» S'il respirait, approuverait nos feux!
» Laure, la cour, et la vertu sévère,
» Ratifiront notre amour et nos nœuds :
» Ils sentiront que dans ce cas critique
» Où tout-à-coup votre honneur s'est trouvé,
» Vous n'aviez plus que ce moyen unique
» Pour que sans tache il pût être sauvé.
» A ce motif tout autre motif cède;
» Et grave mal veut un puissant remède. »

17.

Ce discours-là, comme fort de raisons,
Fut approuvé par tous ses compagnons.
Son Alicie à la fin se rassure :
Et puis amour, nécessité, nature,
Tout pour Harcourt parlait éloquemment;
Il est d'ailleurs si brave, si charmant;
Il promet tant d'être toujours fidèle,
De corriger cette volage ardeur
Qui trop souvent tyrannisant son cœur,
Le fit, hélas! voler de belle en belle;
Il promet tant de suivre en tout ses lois!
Il presse tant! Il est tout-à-la-fois
Si raisonnable, et si fort plein de zèle
Pour son honneur, qu'elle cède à sa voix.
Bref, au château le curé qu'on appelle
Va les unir tous deux dans la chapelle,
Et les six preux, gissant sur leur grabat,
Comme témoins ont signé le contrat :
Tabellion à mine hétéroclite,
Aux deux amans l'a griffonné bien vite.

Tous deux, debout devant le bon curé,
D'un oui bien bas la timide Alicie,

Les yeux baissés, tremblante, a consacré
Ce nœud divin qui désormais la lie :
Et son amant, d'un feu pur pénétré,
Avec transport, l'air ouvert, assuré,
A fait serment de lui vouer sa vie.
O vœux sacrés, que vous avez d'appas !
Vous rassurez la pudeur embellie
Par le désir, et vous ouvrez les bras
De jeune épouse à jeune époux unie !

   Harcourt se livre à l'espoir le plus doux ;
Mais au moment où plein de son ivresse,
Hors du lieu saint le couple heureux s'empresse,
Le sort cruel, de leur bonheur jaloux,
Soudainement, et par un de ses coups
Qu'heureusement il épargne au vulgaire,
Les sépara d'un bras dur et sévère,
Sans leur laisser une heure, un seul instant,
Pour se prouver un feu pur et constant !
Ainsi trompant son précepteur bizarre,
Jeune écolier, d'un fruit délicieux
Qu'il convoitait et qu'il mangeait des yeux,
Avec ardeur furtivement s'empare,

17...

Quand survenant, par un caprice avare

Le pédagogue arrache à mon gourmand

Le doux morceau qu'il pleure amèrement.

Du bon Harcourt c'est le cas lamentable.

Qui fut l'auteur de ce tour détestable?

Vous le saurez, mes auditeurs très chers,

Si jusqu'au bout vous écoutez mes vers.

    A La Trémouille il faut que je revienne,

Et qu'un moment je vous en entretienne.

Des six guerriers il est le moins blessé :

Deux ou trois jours d'un repos salutaire

Ont ramené sa vigueur ordinaire,

Et de partir il est déjà pressé.

Il ne saurait s'expliquer l'aventure

Qui l'égara jusques dans ce séjour;

Mais que lui font tous les sorciers : il jure

Qu'il leur fera payer ce mauvais tour;

Qu'il trouvera cette beauté qu'il aime;

Dut-il ravir Laure au diable lui-même.

Il est têtu, La Trémouille; et j'ai vu

Qu'on réussit près de certaines belles

Quand on persiste et que l'on est plus qu'elles,

Actif, adroit, vigilant et têtu.

Furtivement un matin, en silence,
Bien assuré que ses braves rivaux
Ne pourront nuire à ses projets nouveaux
De quelque temps, La Trémouille s'avance
Vers l'écurie, y selle son coursier,
Car il n'avait alors point d'écuyer,
Monte à cheval, loin du château s'élance,
Et va si bien, trottant et jour et nuit,
Que vers Lutèce il arrive sans bruit.
Sans s'arrêter, tant son ardeur l'emporte,
De la grand'ville il laisse loin la porte,
Fuit ses longs murs ; et plein du tendre objet
Qu'il veut revoir, tourne vers Rambouillet.

Sur un coteau que d'épaisses broussailles
Couvraient alors, qu'entouraient des marais,
Où ce grand roi, l'honneur du nom français,
Bâtit depuis le superbe Versailles,
Le jeune preux aperçoit un guerrier
A l'œil hagard, à face pâlissante,
Et qui du fond d'un immonde bourbier
Où sur le dos l'enfouit chute récente,

Fixe le ciel d'un regard d'épouvante.
Il reconnaît de Gramont l'écuyer :
Le généreux et digne chevalier
Accourt vers lui : « Quel accident tragique
» Porte en ton cœur cette terreur panique,
» Et qui t'a mis dans un si piteux cas?
» Où donc enfin ton maître est-il?—Hélas ! »
Lui répond l'autre et d'un ton pathétique :
« C'est un secret que je ne dirai pas,]
» Noble guerrier; car, le diable m'emporte,
» Si j'en sais rien; et moins de quelle sorte
» Le ciel voulut me sauver du trépas. »
Lors, se tirant du milieu de la fange,
Un peu froissé, mais cependant dispos,
Il se secoue, et de son cas étrange
Fait au guerrier le récit en ces mots :

« Depuis huit jours nous courions vers l'Espagne
» Pour délivrer l'objet de ses amours,
» Quand au sommet d'une haute montagne,
» Mon maître et moi nous égarant toujours,
» Nous retrouvons à la fin Castelanne
» Avec Narbonne et d'Escars, et Tayanne,

» Qui poursuivaient, frémissant de fureur,

» Cinq chevaliers que glaçait la terreur.

» Nous nous mettons aussi de la partie,

» Car mon bon maître a reconnu soudain

» Le ravisseur qu'il poursuivait en vain :

» Nous les chassions ainsi de compagnie;

» Mais ces guerriers, d'abord épouvantés,

» Font volte-face, et devant nous postés,

» Semblent vouloir défendre enfin leur vie.

   » Cinq contre cinq ils s'élancent bientôt;

» Et je ne vis jamais un tel assaut!

» Comme écuyer je ne pouvais combattre.

» Oh! quels grands coups portait l'ardent d'Escars

» A son rival qu'en vain il croit abattre,

» Et qui l'esquive en faisant vingt écarts.

» Le fier Gramont va foudroyer la tête

» De l'insolent qui veut lui résister;

» L'autre l'évite, et le coup vient porter

» Sur le cheval que dans la poudre il jette.

» J'ai vu Narbonne, enflammé de courroux,

» Sur l'ennemi précipiter ses coups :

» Que n'étiez-vous auprès de Castelanne,

» Pour admirer la force de son bras,

» Et ses efforts, précurseurs du trépas !

» Par quels exploits s'illustre aussi Tavanne!

» De fiers lions n'ont pas plus de vigueur!

» Mais je ne sais comment, dans leur fureur,

» Ils faisaient tous : leurs estocs formidables

» N'atteignaient point leurs rivaux indomptables;

» Leurs coups portaient sur les pauvres coursiers,

» Qui tour-à-tour mouraient sous leurs guerriers.

  » Lâche brigand! ravisseur d'une femme!

» Disait mon maître: ah! je te trouve, infâme!

» Qu'as-tu donc fait de ce trésor? Mais quoi!

» Je ne veux point d'avantage sur toi :

» Ton coursier meurt, je mets donc pied à terre :

» Braves amis! faisons loyale guerre;

» N'imitons pas leurs stratagèmes vains,

» Et combattons corps à corps ces coquins.

  » Chacun alors et d'estoc et de taille

» S'évertuant à la fière bataille,

» Prend à quartier son adroit ennemi;

» Et de son glaive, en ses mains affermi,

» Lui fend le crâne (ou du moins il leur semble);

» Et la poitrine, et le corps tout ensemble.

» Le glaive siffle, et passant au travers,

» N'a pourfendu que des esprits pervers.

» Mais tout-à-coup, ô ruse des enfers!

» Ces cinq esprits, vrais ministres du diable,

» Fatals auteurs d'un piége abominable,

» Poussant un cri, chacun d'eux, tranformé

» En longue autruche au corps non emplumé,

» Glisse un long cou, par derrière, entre jambes

» Des cinq guerriers jusques alors ingambes,

» Et leur faisant perdre terre à l'instant,

» Vous les emporte au royaume du vent.

» Cet oiseau lourd à qui dame nature

» N'accorda point une volante allure,

» Comme aigle altier semblait voler pourtant.

» Au cou mouvant de l'étrange monture,

» Chaque guerrier, d'une main se tenant,

» Dans l'autre agite un glaive étincelant.

» En l'air, je crois, ils voyaient encor Laure,

» Car ils criaient: Cher objet que j'adore,

» Je vole à toi! fût-ce au dixième ciel!

» J'observais tout, plein d'un trouble mortel.

» Je vois nos preux, sans qu'aucun ne trébuche,

» Chacun en l'air hissé sur son autruche,

» Se diriger vers un lointain château,

» Qui d'un des pics dont ce pays nouveau

» Est parsemé, couronne le plateau.

» J'y veux courir; mais, bon! funeste embûche

» M'attend moi-même et me remplit d'effroi :

» A mon insu glissant le cou sous moi,

» Droit sur son dos autruche aussi me huche !

» Cris, hurlemens, coups de sabre sont vains,

» Pour m'arracher à l'animal perfide:

» Très brusquement il me fait tourner bride,

» Et de Paris reprendre les chemins.

» Mais celle-ci, c'est ce qui me console;

» Dans l'air au moins ne m'emporte et ne vole:

» Et mon autruche, en coursier belliqueux, (a

» Par mont, par val, par précipice affreux,

» Où mille fois près de perdre la vie

» Je me suis vu l'âme d'horreur saisie,

» Sans s'arrêter, m'a porté dans ces lieux.

» Là, cet esprit à la malice étrange,

» Me soulevant d'un saut capricieux

» Et rudement me faisant ses adieux,

» M'a tout-à-coup renversé dans la fange :

» Puis reprenant son élan vers les cieux,

» En feu follet s'est soustrait à mes yeux.

  » Quelqu'enchanteur a-t-il fait ses victimes

» Et de mon maître et de nos dignes preux ?

» Sont-ils au ciel ou dans les noirs abîmes ?

» Je n'en sais rien. Ah ! guerriers malheureux !

» Voilà-t-il pas un sort digne d'envie !

» Sans doute, hélas ! ils ont perdu la vie :

» Eh ! pour qui donc ? Pour suivre en juifs errans

» Une coquette aux regards décevans ;

» Qui les abuse, et qui sans doute encore...

» —Mons l'écuyer, ne vous emportez pas;

» N'outragez point un objet que j'adore, »

Dit La Trémouille : « Ou de vie à trépas

» Va sur-le-champ vous envoyer mon bras ! »

  Sur ce propos, l'écuyer en silence,

Craignant encor quelque funeste chance,

De La Trémouille a bientôt pris congé :

Et par l'amour de nouveau dirigé,

Vers Rambouillet le jeune preux s'élance.

18

Il est enfin dans la cour du château.
Sur le perron se montre un petit homme;
A l'œil perçant, à figure de gnome,
Qui fait entendre un langage nouveau.
C'est Agrippa, c'est ce grand astrologue,
Qui de Louise exauçant les souhaits
Et commençant ses magiques apprêts,
Avec l'Enfer entame un dialogue.

Le digne preux l'a reconnu d'abord :
Il court à lui : d'un vigoureux effort
Son bras puissant de terre le soulève;
A ses regards il fait briller son glaive;
Et devant lui l'étendant sur le dos,
Lui tient la gorge et lui parle en ces mots :
« Chien de sorcier! c'est donc toi qui t'amuses
» A te moquer de tant de braves gens,
» Dont ton audace a fait autant de buses,
» Qui vont donner dans tes piéges méchans?
» Il est bien temps que tout ceci finisse :
» Je veux punir ta ruse et ta malice,
» Ton art affreux, fait pour les mécréans.
» Résigne-toi! car c'est fait de ta vie :

» Dis ton *pater*, si tu peux. Ma furie

» D'un seul instant t'accorde ici le don :

» Tâche, maudit, d'obtenir ton pardon

» Du juste ciel que j'offense peut-être

» En écoutant mon indulgence; traître!

» Oui je devrais, sorcier de Lucifer,

» T'envoyer droit dans le fond de l'Enfer. »

Disant ces mots, avec force il le serre,

Et vous le tient toujours collé par terre.

Le nécromant, par la frayeur troublé,

Veut, mais en vain, obtenir la parole;

Par La Trémouille il est presqu'étranglé.

« As-tu fini, sorcier? que je t'immole :

» Ton oraison est trop longue d'un tiers. »

Maître Agrippa, le lorgnant de travers,

Fait, d'une main qui reste libre encore,

Signe au héros qu'il voudrait un moment

Pour lui parler avoir son agrément;

D'un air piteux tristement il l'implore.

Sans le lâcher, le fougueux Poitevin

A son captif donnant quelqu'allégeance,

Laisse à la voix son naturel chemin;

18.

Et d'un air rude il lui prête audience :

« O La Trémouille ! honneur de ton pays !

» Cher au beau sexe et soutien de la France,

» Un faux rapport égare ta vaillance !

» Je travaillais pour la gloire des lis,

» Et le trépas serait ma récompense !

» Je n'ai point fait ce que tu crois, mon fils.

» Laisse-moi vivre; écoute mes avis,

» Et tu verras jusqu'où va ma puissance. »

A ce discours, La Trémouille surpris,

Remet sur pied le petit homme gris.

Vous avez vu ce marmot irritable

Et plein d'humeur, dont le soldat de plomb

Perd l'équilibre et qu'il remet d'aplomb

En l'appliquant rudement sur la table;

Tel tout-à-coup l'impatient guerrier

A redressé le malheureux sorcier

Que d'un bras ferme il retient prisonnier,

Et qu'il regarde en le donnant au diable :

« Puis-je te croire ét me fier à toi?

» Me dis-tu vrai? — C'est la vérité pure.

» — Mais quel garant donnes-tu de ta foi?

» — Ce talisman vous répondra pour moi.

» Si vous voulez en tenter l'aventure,

» Vous pourrez voir l'aimable créature

» Dont les appas vous rangent sous sa loi.

» —Je la verrais ! — Oui ; mais que la prudence

» Soit aujourd'hui la sœur de la vaillance.

» Du beau sorcier dont le malin savoir

» Vous trompa tous, vous mit au désespoir,

» En ce moment Laure est la prisonnière

» Dans un palais tout brillant de lumière.

» Il fait sa cour, je le sais : et vraiment

» Si de la belle il devenait l'amant,

» Pour vous sans doute, et pour la France entière,

» Il s'ensuivrait une fâcheuse affaire.

» Cette clef d'or, aux magiques effets,

» De ce beau lieu vous ouvrira l'accès.

» Oui, vous pourrez entrer, sortir de même,

» Voir cet objet qui blessa votre cœur,

» En liberté lui conter votre ardeur,

» Et faire ensorte enfin que l'on vous aime.

» Ne perdez pas ce précieux trésor :

» Tant que sur vous sera cette clef d'or,

18...

» Vous braverez la science magique,

» Et le courroux, et toute la rubrique

» De ce rival qui vous menace encor.

» Tandis qu'ici ma science s'efforce

» De délivrer les braves que par force

» Son art retient en de douces prisons,

» Vous, pénétrez dans ses riches salons :

» Vers cette tour, ce conduit vous y mène. »

Il dit, remet la clef d'or dans la main

Du jeune preux que son ardeur entraîne,

Et qui, lâchant le vieux sorcier sans peine,

Au même instant gagne le souterrain.

En cet endroit j'interromps mon histoire,

Pour relever la noble intégrité

De tes récits et leur véracité,

Grand Agrippa ! Qui pourrait n'y pas croire ?

Tu dis de toi le bien sans vanité,

Comme le mal avec sincérité;

Ton témoignage ainsi rend péremptoire

Le merveilleux par ta plume attesté.

Aussi les faits que moi, poète indigne,

Sur ta foi même en mes vers je consigne,

Seront ils crus de la postérité
Comme ils le sont de l'auditoire insigne
Qui les écoute avec bénignité ?

FIN DU CHANT XI.

NOTES

DU CHANT XI.

---

1) PAGE 196, VERS 15.

Bref, au château le curé qu'on appelle,
Va les unir tous deux dans la chapelle.

Je suppose que, vu l'importance des témoins et l'urgence du cas, la complaisance du bon curé n'exigea pas la publication accoutumée des bans.

2) PAGE 204, VERS 16.

Et mon autruche, en coursier belliqueux.

On sait que l'autruche, qui dans le règne animal est la nuance entre les quadrupèdes et les oiseaux, n'a pas, par sa nature, la faculté de voler.

« On a fait plus que de les apprivoiser, dit Buffon; on en a dompté quelques-unes au point de les monter comme on monte un cheval; et ce n'est pas une invention moderne; car le tyran Firmius, qui régnait en Egypte sur la fin du troisième siècle, se faisait porter, dit-on, par de grandes autruches. Moore, anglais, dit avoir vu à Joar, en Afrique, un homme voyageant sur une autruche. Valisnieri parle d'un jeune homme qui s'était fait voir à Venise, monté sur une autruche, et lui faisant faire des espèces de voltes devant le menu peuple. Enfin, M. Adanson a vu au comptoir de Podor deux autruches encore jeunes, dont la plus forte courait plus vite que le meilleur coureur anglais, quoiqu'elle eût deux nègres sur son dos. »

(BUFFON, *Hist. nat. de l'Autruche.*)

FIN DES NOTES DU CHANT XI.

CHANT XII.

L'AVERSION VAINCUE.

C'est, je le sens, un fort vilain métier,
Et fort scabreux, que celui de sorcier.
On est sujet à plus d'une disgrâce;
On voit souvent le diable face à face;
Et vous restez aux griffes du malin,
Si plus que lui vous n'avez de l'audace :
(Un grave auteur le dit dans sa préface.)
D'un amoureux trompez-vous le dessein?
Il vous rudoie, ou de mort vous menace :
Témoin le pauvre et savant Agrippa,
Que La Trémouille eût immolé sur place
Si son esprit, qui lors ne le trompa,

Ne l'eût tiré de cette triste passe.
Bref, cet art-là ne me plaît point du tout.
J'aime bien mieux, mais autrefois surtout !
J'aimais bien mieux, dans ma verte jeunesse,
L'art d'attendrir une jeune maîtresse !
Chut ! n'éveillons ce tendre souvenir !
Si vers ce temps je poussais un soupir,
J'interromprais ma véridique histoire :
De mon auteur reprenant le grimoire,
Sans plus attendre il y faut revenir.

Le vieux sorcier, des mains de La Trémouille
Heureux enfin de se voir délivré,
Rajuste un peu son habit déchiré,
Et, secouant la poudre qui le souille,
Court vers Paris, et d'un air assuré
Va rendre compte à Louise inquiète
De ce qu'il fit et de ce qu'il projette.

Elle était seule au fond d'un cabinet.
Dans son humeur (elle en avait sujet)
Elle accusait Bourbon d'être infidèle,
De se montrer à ses bontés rebelle,
Et maudissait Laure et tout Rambouillet;

Triste et pensive enfin elle boudait :
C'est depuis lors que boudoirs on appelle
Ces beaux réduits, où souvent une belle
Court se soustraire à l'époux indiscret
Dont l'œil jaloux veut sonder son secret.

    Le petit homme est introduit : Louise
A refermé son boudoir avec soin
Pour lui parler sans crainte et sans témoin :
« Eh bien ! » dit-elle, après s'être remise
Du tendre émoi qui troublait sa raison :
« Où donc en est la magique entreprise ?
» Qu'avez-vous fait ? me rendrez-vous Bourbon ?...
» Attendez-vous au plus superbe don !...
» — J'ai beaucoup fait, Madame ; et ma science
» Pourra sauver votre amour et la France, »
Dit Agrippa : « Mais tout n'est pas fini ;
» Grave incident me donne du souci ;
» Et s'il est vrai que grande est ma puissance,
» L'œuvre vraiment est difficile aussi !
    » Par le pouvoir de ma haute cabale,
» J'ai su forcer un des premiers lutins
» De l'enchanteur, de qui la main fatale

I.   19

» Trouble ces lieux, à servir mes desseins.

» Il m'a fallu des efforts surhumains!

» Devant mes yeux je l'ai fait comparaître :

» Et le malin a reconnu son maître.

   » Tremble! ai-je dit, esprit né pour servir

» Le grand moteur de l'art cabalistique,

» Cet Agrippa, ce phénomène unique;

» Puits de science, et dont la voix magique

» Peut dans l'instant, d'un seul mot, te punir,

» Si clairement ta bouche ne s'explique;

» Tremble! et réponds; mais dis la vérité,

» Car, si tu mens, ton arrêt est dicté.

» Dévoile-moi le but et la rubrique,

» Et jusqu'où va le pouvoir redouté

» De l'enchanteur qu'en sa perversité

» A seconder ta malice s'applique.

   » Le lutin fait alors mille façons;

» Veut m'effrayer par cent métamorphoses;

» Moi, qui connais les effets et les causes,

» Je le maîtrise, et je lui dis : Réponds.

   — Grand Agrippa ; je répondrai sans feinte, »

Dit-il enfin; « Mais calme ton courroux. »

Je m'adoucis : « Esclave, sois sans crainte;

» Je te pardonne; et vite expliquons-nous.

» — Eh bien! mon maître éprouve dans son âme

» Du traître amour la dévorante flamme...

» — Je le sais bien; passons. — Si quelque jour

» Il peut à Laure inspirer son amour,

» Il ravira ce trésor à la France;

» Tous les guerriers tombés en sa puissance

» Demeureront au souterrain séjour,

» Commis aux soins de notre troupe immense,

» Jusqu'au moment où Sforce, son ami,

» Se sentira sur le trône affermi.

» — Esclave, bien; mais à la belle Laure

» Combien de jours sont imposés, dis-moi,

» Pour cette épreuve et rester sous la loi.

» De ce sorcier qui l'aime et qu'elle abhorre ?

» — Trente. — C'est long; trop long ! combien encore

» En reste-t-il à Laure à parcourir?

» — Quinze. — Et son cœur; songe à ne point mentir,

» Esclave, au moins; est-il toujours rebelle ?

» Ton maître a-t-il fait des progrès sur elle?

» Car, je le vois, à l'état de ce cœur

19.

» Est attaché le sort d'un grand empire. »

   » Mais mon lutin se prend alors à rire.

» Qu'est-ce ? lui dis-je ; est-il déjà vainqueur ? »

» Il rit plus fort, me fait une gambade,

» Semble vouloir tenter une escapade ;

» Je fais un geste : il rampe à mes genoux.

» Ainsi parfois à son maître en courroux,

» Braque obstiné furtivement échappe ;

» La voix du maître aussitôt le rattrape :

» Baissant la queue et la tête à-la-fois,

» L'œil suppliant, la posture craintive,

» Le chien fidèle en louvoyant arrive,

» Lèche sa main et rentre sous ses lois.

» — Je dirai tout, puisqu'il faut te le dire ;

» D'une voix humble a repris mon lutin.

   » Dans les langueurs d'un amoureux délire,

» Mon maître, hélas ! eût fini son destin,

» S'il n'eût, usant de son art souverain,

» Cherché remède à son cruel martyre !

» L'aimable Laure était en son pouvoir ;

» De ses rivaux la foule dangereuse

» Loin d'elle était ; pourtant, ô désespoir !

» Il ne pouvait à la belle orgueilleuse

» Se présenter sans un aveu formel;

» Car du destin tel est l'arrêt cruel;

» Et cet aveu, de sa beauté funeste

» Comment l'avoir, puisqu'elle le déteste;

» Et que sa vue, et même son seul nom,

» La font soudain tomber en pamoison.

  » Sans se montrer, suivant partout sa trace,

» Le cœur rempli d'amour et de douleur,

» Par mille soins délicats, pleins de grâce,

» Par mille essais, l'amoureux enchanteur,

» Espère enfin de cet objet pudique,

» Avec l'aspect du souterrain magique,

» Raccommoder et les yeux et l'humeur.

» Dans ces beaux lieux, maîtresse ou plutôt reine

» Tout obéit à sa loi souveraine,

» Tout lui présente un hommage flatteur.

  » Gnomes, lutins, forment sa cour immense;

» Au moindre signe, au plus léger désir

» De leur maîtresse, on les voit accourir

» Pour lui marquer leur tendre obéissance,

» Ou sous ses pas appeler le plaisir.

19..

» D'autres lutins, mais de maligne engeance,

» Gardent vos preux dans un autre séjour;

» Bien séparé de Laure et de sa cour,

» Asile heureux de paix et de silence ;

» A ces héros ils versent tour-à-tour

» Les doux plaisirs dans la coupe d'amour.

    » Laure en cinq jours se résigne, et ses larmes

» En longs ruisseaux n'inondent plus ses charmes;

» Ce juste hommage offert à sa beauté,

» Désarme, flatte en secret sa fierté.

» D'ailleurs, un mois d'une épreuve si douce

» N'est pas bien long, et la variété

» Règne en ce lieu par l'amour enchanté.

» Par habitude, enfin, si son cœur pousse

» Quelque soupir, vite un plaisir nouveau

» Vient remplacer, embellir le tableau

» Que lui présente un séjour aussi beau.

» Éprouve-t-elle un souvenir trop tendre

» Pour ce Bayard qui captive ses vœux?

» Mon digne maître a soin de le lui rendre;

» (En effigie au moins ! il faut s'entendre.)

» Et, noble effort d'un rival généreux,

» Portrait magique alors l'offre à ses yeux.

» Mais, en regard, l'image trop connue

» Du beau sorcier vient offusquer sa vue!

» Elle l'observe, et ce tyran fatal,

» Dont le pouvoir la poursuit et l'outrage,

» Semble souffrir un tourment sans égal.

» En traits de flamme est écrit sous l'image :

» *Il vous adore!* un sévère destin

» Mit malgré lui cet amour dans son sein ;

» Il s'en indigne, et du rude esclavage

» Qu'il souffre encore, il cherche à s'affranchir,

» Beauté funeste, et puis à vous punir !

» Tremblez!—Pourtant sur l'image charmante

» Laure attachant un regard scrutateur,

» Ne comprend pas comment tant de douceur

» Dans tous les traits s'allie à la fureur

» De cette phrase à tournure effrayante.

» Mais dans son trouble elle jette à Bayard

» (A son image) un tendre et doux regard :

» Il n'est pas beau, pensait-elle en son âme ;

» Mais quel grand cœur! surtout quelle bonté!

» Quel vrai héros! quel courage indompté!

» Que de vertus, enfin ! et que sa flamme

» D'un juste orgueil doit remplir une femme !

   » Cinq jours passés, c'est le dixième jour,

» Je me présente en hâte devant elle;

» Je suis porteur d'importante nouvelle !

» Enfin mon maître a vaincu son amour :

» Il sort joyeux des tristes fers de Laure;

» Il est guéri d'un fatal engoûment,

» Et, grâce au ciel, de bon cœur il l'abhorre !

» Il en a fait par le Styx le serment;

» Je le lui dis de sa part nettement.

» Mais pour détruire un charme trop funeste

» Qu'imprudemment son art a dû former

» Lorsqu'il voulait encor se faire aimer,

» De prude altière, injuste, et qui du reste

» Est bien loin d'être une beauté céleste,

» Comme elle croit, et que l'en a flatté

» L'essaim des fous à sa suite entêté,

» Il lui demande un entretien sans gêne;

» Pour prendre entre eux l'unique et sûr moyen

» De rompre vite un magique lien;

» Car de rester encore dans sa chaîne

» Vingt mortels jours ; terme imposé d'abord,

» Il ne saurait se faire un tel effort,

» Qui, franchement, passe la force humaine,

» Et pour sa part mieux vaudrait prompte mort.

 » A ce propos, plus qu'extraordinaire,

» Laure s'indigne ! Elle ne fut jamais

» Accoutumée à de semblables traits !

» Soudain, au mot prenant ce téméraire,

» Cet insolent, dans son dépit hautain,

» Pour s'affranchir d'un funeste destin

» Et l'accabler de son mépris sévère,

» A l'entrevue elle acquiesce en colère.

» Enfin.... — Poursuis, dis-je alors au lutin

» Qui s'arrêtait avec malice. — Enfin,

» Puisqu'il te faut expliquer ce mystère....

» Tu vis souvent la déesse des airs,

» Lorsqu'Apollon veut rendre à l'univers

» Sa bienfaisante et céleste lumière,

» Montrer un front triste, incertain, austère,

» Et repoussant le jeune et blond Phébus,

» Briser l'effort de ses feux assidus ;

» Le dieu pourtant persévère, insinue

» Un vif rayon au travers de la nue;

» Un autre encor perce, un troisième suit;

» D'autres en foule écartent le nuage,

» Et la déesse offre un riant visage

» Au dieu vainqueur des airs et de la nuit.

» Maître, aujourd'hui c'est la quinzième aurore!

» Foi de lutin, j'ai tout dit. — C'est assez;

» Esclave, pars : de ton maître sur Laure

» J'observerai les projets insensés:

» Pars. » Il s'échappe. Alors dans ma sagesse,

» Voyant la chose, et que le danger presse

» (Car Laure enfin, sans le nommer vainqueur,

» Reçoit pourtant les vœux de l'enchanteur),

» Je mets les mains à l'œuvre, et je m'empresse

» De fabriquer, Madame, un talisman,

» Trésor unique et sublime instrument,

» Pour pénétrer dans l'enceinte magique,

» Et d'un rival confondre la rubrique;

» Car vous saurez qu'en l'art cabalistique

» C'est mon rival, et que le sort jaloux

» Combat à mort établit entre nous.

» J'allais, vous dis-je, à sa jeune science

» Faire sentir ma vieille expérience;

» De son palais je prenais le chemin,

» Quand tout-à-coup, le glaive sur le sein,

» Glaive fatal qui jamais ne se rouille,

» Je me suis vu forcé, par La Trémouille,

» De lui livrer mon précieux trésor

» Qui me coûta tant de soins et tant d'or!

» — Ah! dit Louise en pâlissant de crainte,

» Ce La Trémouille est des plus étourdis,

» Il perdra tout; lui-même il sera pris,

» Et restera dans la funeste enceinte!

» Le seul Bayard pouvait remplir nos vœux...

» Fatale Laure! Eh quoi! de tes caprices

» Mon cœur doit-il subir les injustices!

» Qu'adviendra-t-il de tant de cas fâcheux?...

» Cher Agrippa, que votre art me seconde;

» Prenez cet or, fût-ce tout l'or du monde,

» Avec transports je vous le livrerais

» Pour arriver au but de mes souhaits;

» Apprenez-moi s'il faut mourir ou vivre!

» Si de Bourbon séparée à jamais!...

» Du désespoir que votre art me délivre,

» —Eh bien! Madame, il faut en ce moment,

» Pour vous calmer, scruter le firmament.

» La nuit propice a déployé son voile :

» Qu'à nos regards l'avenir se dévoile.

» Vers l'Orient mon démon familier

» Du grand Bayard me découvre l'étoile :

» La voyez-vous ?... Quel lumineux foyer!...

» Elle obscurcit celle du beau sorcier !...

» Bayard s'apprête à combat singulier;

» Bayard s'avance! et vous pouvez m'en croire!

» Oui, sur son astre, auréole de gloire,

» Vous prouve enfin que lui seul aujourd'hui,

» En ce grand cas doit être notre appui :

» O signe heureux d'infaillible victoire!

    » Pour La Trémouille et les autres rivaux,

» J'aperçois bien leurs étoiles errantes,

» Mais, je ne sais... elles sont pâlissantes...

» Mon art profond va, par efforts nouveaux...

» Ah !... je comprends !... Devant l'astre de Laure

» Qui, tout en feu, s'élève vers l'aurore,

» Chacun s'agite : Eh! mais... que vois-je encore ?

» Jetez les yeux, Madame, par ici :

» De La Trémouille, oh ! oh ! l'astre éclairci

» Semble envahir celui de notre belle ?

» Le fait est clair... c'est bien lui ! c'est bien elle !..

» Leurs vifs rayons s'attirant... les voici...

» Mais tout-à-coup à mes yeux tout se brouille.

» Il est donc sûr que le beau La Trémouille,

» Le fier Bayard, doivent diversement

» Contribuer au grand événement,

» Et terminer avec moi l'entreprise

» Qu'à nos efforts les destins ont commise.

 » Je vais, Madame, et cela sans retard,

» Avec votre or refaire pour Bayard ;

» Car La Trémouille en est pourvu lui-même,

» Un talisman dont la vertu suprême

» Vous prouvera la force de mon art. »

Disant ces mots il emporte la somme ;

Comme il sortait, le bon François premier,

Entrant lui-même, aperçoit le sorcier ;

Il s'esquivait. — « Eh ! foi de gentilhomme(¹) !

» N'est-ce pas là ce maudit Agrippa,

» Qui trop souvent nos dames attrapa

» Pour leur argent (le prince aimait à rire):

20

» Prophète illustre, et que le diable inspire?

» Que j'ai promis de faire pendre? — Eh! sire,

» Quand je pressens vos glorieux exploits;

» Quand je prédis que le plus grand des rois,

» Électrisant par son noble délire

» Tous les héros soutiens de son empire,

» Dans Milan même ira dicter des lois;

» Quand je prédis qu'à sa voix généreuse

» Tous les talens, dans sa patrie heureuse,

» S'empresseront d'éclore et de fleurir;

» Quand je prédis que sa main doit cueillir,

» Royal enfant des doctes immortelles,

» Du mont sacré les palmes les plus belles;

» Quand je prédis que, surpassant leurs vœux,

» Et des Français modèle généreux;

» On le verra, tel qu'il veut toujours être,

» Grand roi, bon fils, bon époux et bon maître;

» Quand je prédis que son règne fameux

» Enfantera les savans et les preux,

» Et que sous lui la France sera grande,

» Quoi! faut-il donc, sire, que l'on me pende?

» S'il n'est ainsi, je consens à l'arrêt.

» —Nous verrons donc le prophète à l'effet, »

Répond le roi qui rit de son adresse;

Et qui (toujours bon pronostic nous plaît)

En le quittant lui dépêche en secret

Bourse qu'emplit or de la bonne espèce.

Mais à sa mère en ces mots il s'adresse :

« Enfin, Madame, il faut dans peu de jours

» Que, vers Milan déployant ma bannière,

» Tombent sous moi ses orgueilleuses tours.

» De mon pouvoir, digne dépositaire,

» En mon absence acceptez ce fardeau(a.

» Je sens mon cœur brûler d'un feu nouveau !

» Sforce ose encor m'attendre en Lombardie;

» L'Helvétien m'y brave et m'y défie !

» Il ne faut pas qu'ils m'attendent en vain !

» Et je leur veux épargner le chemin,

» S'ils nourrissaient la périlleuse envie

» De prévenir ma marche et mon dessein.

» Quant à mes preux, qu'un sort étrange égare,

» Au grand exploit qu'aujourd'hui je prépare,

» Soyez-en sûre, ils ne manqueront pas !

» En quelque lieu que le destin les place,

20,.

» Brisant l'obstacle à leur vaillante audace,
» Ils entendront le signal des combats,
» Et sur ma trace accourront à grands pas.
» Je les connais, et, foi de gentilhomme,
» Je réponds d'eux; oui , de garder leur foi,
» De triompher ou mourir pour leur roi,
» Il n'est besoin que jamais on les somme! »
    Il dit; embrasse avec un doux respect
Sa noble mère; et s'échappant bien vite,
De cette Laure au séduisant aspect,
Dont la rigueur l'enflamme, et dont la fuite
En ce moment et l'intrigue et l'irrite,
Par son lutin lui-même aussi poussé,
Sur nouveaux frais la conquête il médite.
Lutin adroit auprès de lui placé
Pour profiter de sa moindre faiblesse,
Lutin royal et de la haute espèce,
Qui, retardant son généreux élan,
Veut empêcher la chute de Milan.

FIN DU CHANT XII.

NOTES

DU CHANT XII.

———

¹) PAGE 229, VERS 19.

> .... Eh! foi de gentilhomme ,
> N'est-ce pas là ce maudit Agrippa, etc.

Foi de gentilhomme! juron familier de François Ier. C'était *autrefois* une manière d'affirmer une vérité importante, et un serment qui n'admettait plus le doute. Je ne sais pourquoi, mais cette locution si énergique, si chevaleresque, et qui imposait tant d'obligations à la classe qui l'employait, n'est, ce me semble, plus usitée parmi elle. De nouvelles idées, de nouvelles mœurs, une nouvelle politique, la révolution enfin, qui, sans qu'on s'en aperçoive, se fourre partout, serait-elle la cause d'un pareil changement?

20..

²) PAGE 231, VERS 11.

De mon pouvoir, digne dépositaire,
En mon absence acceptez ce fardeau.

François Ier. partit pour l'Italie et la conquête du Milanais au mois d'août 1515. Il faisait ses préparatifs depuis plusieurs mois. Avant d'entrer en campagne, il nomma la duchesse d'Angoulême, sa mère, régente du royaume.

FIN DES NOTES DU CHANT XII.

CHANT XIII.

LES REGRETS DU BRAVE.

Mais cependant, en sa douleur profonde,
Le lendemain de son naufrage affreux,
Bayard, assis sur le roc sourcilleux,
Seul, à l'écart, fixe un œil douloureux
Sur cette mer naguère furibonde,
Et dont les flots le séparant du monde,
Bornent le cours de ses exploits heureux.
Il appuyait un front mélancolique
Sur ce bras ferme, au combat redouté,
Et repassait dans son cœur agité
Les actions de sa vie héroïque.
Il souriait à ces brillans tournois,

Noble exercice, essais de son jeune âge,
Où la beauté, d'une commune voix,
Du *mieux faisant* lui décernait le gage.
Il s'animait aux combats singuliers
Où sa valeur cueillit tant de lauriers,
Aux coups hardis qui l'ont couvert de gloire;
Il se voyait, de victoire en victoire,
Marchant l'égal des plus fameux guerriers.
Du Garillan la rive abandonnée...
O souvenir! ô fameuse journée!...
Bayard se lève: il semble qu'à ses yeux
Se montre encor l'ennemi furieux!
Il voit ce pont, étroit et seul passage
D'où l'Espagnol, tout frémissant de rage,
Croit de Français surprendre un camp nombreux;
Tandis qu'aux siens il fait donner l'alarme,
Seul, il accourt, et d'une lance il s'arme;
Aux parapets, par le travers du pont,
Son bras adapte, assujettit sa lance,
Barrière sûre et dont Bayard répond!
De cavaliers, deux cents, pleins d'arrogance,
Ont cru d'abord accabler sa vaillance;

Les plus hardis, les premiers accourus
Sont dans les flots par son glaive abattus;
L'étonnement remplace l'assurance;
L'effroi succède; enfin de toute part
S'élève un cri: C'est le diable ou Bayard!
Du camp français une troupe s'élance.
A ce penser, le héros tressaillant,
Portait la main sur son glaive brillant,
Et, l'œil en feu, répétait : « France! France!
» L'Espagnol fuit! accourez, compagnons!
» Fiers Castillans, enfin nous vous tenons! »
Murs si fameux où sa gloire rayonne,
Salut Ferrare, Aignadel et Véronne!
Bresse... O transports d'ineffables douceurs!
Bonne action est baume de la vie;
Son souvenir nous plaît, nous fortifie,
A la vertu rattache encor nos cœurs :
Ce n'est point là de l'orgueil; non sans doute,
Mais c'est l'élan d'un cœur pur qui s'écoute
Et se complaît, sublime émotion,
Dans les plaisirs de la perfection.
Sur son rocher Bayard reprend sa place.

L'œil attendri, le guerrier se retrace
Ces fiers assauts où Bresse a succombé,
Et ce rempart où lui-même est tombé,
Et sa blessure, et cette mère en larmes
Qui le reçoit sous son toit plein d'alarmes.
Bon chevalier, redoutant ton courroux,
Et d'un vainqueur embrassant les genoux :
« Noble guerrier, mon bien, » te disait-elle,
« Vous appartient ! Ce palais est à vous :
» Dès ce moment enfin nous sommes tous
» Vos prisonniers, et vous avez sur nous
» Les justes droits de la guerre cruelle !
» Mais épargnez mes filles, mon époux;
» A vos vertus, Bayard, soyez fidèle ! »
Tu répondais, Bayard, tu t'en souviens :
« Soyez sans crainte et conservez vos biens.
» L'amour de l'or ne souille point mon âme;
» La seule gloire et me touche et m'enflamme.
» Celle surtout qu'enfantent en tout temps
» Et les vertus et les faits éclataus,
» Et qu'un grand cœur sans en rougir réclame.
» Reposez-vous sur la foi de Bayard;

» Et sa parole est pour vous un rempart. »

Prêt à partir, après longue souffrance,

Les riches dons de la reconnaissance

Te sont offerts des mains de l'innocence :

« O bon Bayard ! modèle des guerriers,

» Soutien du faible et fleur des chevaliers ! »

Te répétaient les deux vierges de Bresse :

« Oui, notre honneur, bien de notre jeunesse,

» Trésor sacré ! fut conservé par vous !

» Tandis, hélas ! que tout autour de nous

» L'horrible guerre étendant ses ravages,

» Multipliait le meurtre et les outrages !

» Souffrez ces dons ; ne les méprisez pas :

» C'est la rançon d'une famille entière,

» Que menaçaient l'opprobre et la misère,

» Et que vous seul sauvâtes du trépas ! »

Doux souvenir ! les filles et la mère

En sanglottant le pressaient dans leurs bras !

Bayard se lève... et marchant à grands pas :

« Oui, je cédai sans doute à leur instance !

» Je pris cet or, mais ce fut pour l'offrir

» Et pour le rendre aux mains de l'innocence !

» A vos amans servant à vous unir,

» Aimables sœurs... Mais quel transport m'égare?

» Tandis qu'ici la fortune bizarre

» Détruit ma gloire en conservant mes jours;

» Et des vrais preux à jamais me sépare!

» Murs de Ravenne, où triompha Nemours!

» Où je vainquis sous un héros si rare

» Que le trépas arrête dans le cours

» Des beaux exploits qu'à la France il prépare!

» Tours de Pavie et monts de la Navarre!

» De mes travaux, immortels monumens,

» Tombez au bruit de mes égaremens!

» Patrie, honneur, gloire de vingt années,

» Sous les efforts des noires destinées,

» En ce désert, ainsi l'Enfer jaloux

» Vous y condamne, évanouissez-vous!»

Le chevalier, que la douleur dévore,

Sur son rocher vient se rasseoir encore:

Long-temps il pense à son fatal destin;

Mais au sommeil il succombe à la fin.

De l'avenir à son âme guerrière

Un songe alors déroule le tableau:

Sa gloire encor, dans un essor nouveau,
Frappait les yeux d'une vive lumière ;
Il se voyait aux remparts de Mézière :
« Vole, » avait dit au chevalier sans peur
François premier, que Charles-Quint menace ;
« De mon rival va confondre l'audace :
» Contre ces murs qu'il brise sa fureur. »
Bayard voyait la cité sans défense ;
Armes, soldats, vivres, tout y manquait ;
Armée immense en tous sens l'attaquait ;
Mais elle était commise à sa vaillance !
Il y créait des armes, des soldats ;
Y rallumait le foudre des combats ;
De l'ennemi confondait l'arrogance ;
Et sa valeur, par d'immortels exploits,
Sauvait Mézière et la France à-la-fois !
   Le songe ainsi, dans un vol prophétique,
Lui dévoilait sa carrière héroïque.
   Il combattait aux plaines de Milan ;
Il arrêtait l'impétueux élan
Et le courroux du rapide Pescaire ;
Gouffier vaincu, cédant au sort contraire,

Mettait l'armée en ses vaillantes mains;

Suprême chef, conjurant les destins,

Il l'arrachait à sa ruine entière,

Et de la France assurait la bannière.

Mais tout-à-coup entouré d'ennemis,

Pâle, sanglant, sous un ombrage assis,

Il contemplait la mort plein d'assurance.

« Ce n'est pas moi! » disait-il au héros

Qui, flétrissant son nom et ses travaux,

De Charles-Quint assurait la vengeance:

« Ce n'est pas moi qu'il faut plaindre! c'est vous,

» Qui n'écoutant qu'un aveugle courroux,

» Avez trahi roi, patrie et naissance!

» Jusqu'à la mort je leur gardai ma foi : (i

» Je meurs content : que Dieu soit avec moi!»

    Mais en sursaut, plein d'un transport céleste,

S'est réveillé le chevalier sans peur.

Avec ses sens il reprend sa douleur;

Il se revoit sur son rocher funeste.

« Songe flatteur! tu fuis : il ne me reste

» Que des regrets de ta brillante erreur!

» Réalité! tu déchires mon cœur!

» J'entends déjà la trompette qui sonne!

» François premier s'élance au champ d'honneur!

» De tous ses preux la foule l'environne,

» Et Bayard seul manque; jour de malheur!

» Au rendez-vous que la gloire lui donne!

» Je suis perdu ! — Non, vous ne l'êtes pas, »

Dit le vieillard, dont l'utile assistance

Avait ravi le héros au trépas,

Et qui vers lui dans ce moment s'avance :

« Noble guerrier, pourquoi ce désespoir?

» Ignorez-vous que l'éternel pouvoir

» Sait nous sauver quand le moins on y pense!

» — Hélas! mon père, excusez ce transport;

» Mon triste cœur, en se plaignant du sort,

» N'accusait point la juste Providence :

» Je maudissais ma fatale imprudence.

» — Digne Bayard, je connais vos destins:

» Votre écuyer m'a conté vos chagrins.

» — Eh bien! l'amour aujourd'hui déshonore

» Un chevalier déserteur des combats!

» Loin de la gloire il égara mes pas :

» Il m'a ravi le seul bien que j'adore,

21..

» Le seul trésor du vrai guerrier, l'honneur!

» Fatal amour! sentiment suborneur!

» Périsse un feu qui trompe et qui dévore,

» Et qui de l'homme est l'unique malheur!

» — Mon fils! » répond le vieillard vénérable,

Levant au ciel un regard ineffable,

« Ah! rétractez ce vœu de la douleur.

» L'amour! l'amour est un don de Dieu même!

» C'est le plus beau que sa bonté suprême

» Ait accordé, sur ce monde mortel,

» A l'homme faible et qu'il destine au ciel.

» Dirigez bien cette divine flamme

» Que sa clémence alluma dans votre âme,

» Et sa chaleur, fécondant vos désirs,

» Vous comblera des seuls et vrais plaisirs

» Dignes d'un cœur que la vertu réclame.

» Je le connus! et quatre-vingts hivers,

» En pénétrant tout mon corps de leur glace,

» Ne me font point maudire en ma disgrâce

» Ce sentiment, charme de l'univers.

　　» Mais à vos maux il faut un prompt remède;

» A votre honneur tout autre intérêt cède;

» Noble guerrier, quand voulez-vous partir ?

» —Ciel ! » dit Bayard, qu'il a fait tressaillir,

« Ciel ! un navire abordant cette rive,

» Va-t-il bientôt ? — Non ; mon vaisseau n'arrive

» Que dans un an. — Eh ! comment donc, hélas !

» Loin de ce roc ? — Venez, suivez mes pas. »

Bayard le suit. Son front, que la tristesse

Avait voilé, s'éclaircit de nouveau ;

Un juste espoir l'anime et le caresse.

Sous la chapelle est un vaste caveau ;

Là, du vieillard la prévoyance sage

Met en dépôt, arrangés par ses soins,

Les alimens réservés aux besoins

Des malheureux assaillis par l'orage.

Il y descend. Bayard jette les yeux

Sur la savante et riche pharmacie

Où sont les sucs protecteurs de la vie ;

Admire l'ordre et l'apprêt de ces lieux ;

Mais ne voit pas comment, sous cette voûte,

De sa patrie il peut trouver la route.

Une machine au sphérique contour,

Que l'osier forme, et recouvre la soie,

21...

Et qu'art nouveau plie, étend et déploie
Par des ressorts adaptés tout autour,
Gisait près d'eux, loin des regards du jour.

Cet appareil porté devant l'hospice,
Un globe immense et léger à-la-fois,
Qui vers sa base offrait un orifice,
A déployé son mouvant édifice;
Deux chevalets en reçoivent le poids;
De l'équilibre il reconnaît les lois.
Il est encor sans mouvement, sans âme;
Un frais zéphir ride ses vastes flancs;
Mais la vapeur que par ses soins savans
Le vieillard forme à l'aide de la flamme,
Subtile, active, en épais tourbillon,
Enfle, remplit, tend l'énorme ballon.
Il s'élevait : sa main sûre et prudente
A retenu la machine volante;
Un fort lien captive son essor,
Car l'appareil n'est pas complet encor.
Une nacelle en bois léger, sculptée,
Sous le ballon est alors apportée;
Et de longs traits l'y tiennent adaptée.

D'un art savant l'esquif aérien
Était construit : siége, gouvernail, voiles
Pour se conduire au séjour des étoiles,
Vase servant à l'utile entretien
De la vapeur; bref, il n'y manquait rien.
Notre vieillard à science profonde,
Et qui sonda les arcanes du monde,
Au plus haut point avait porté cet art,
Dont seulement Montgolfier et Blanchard
Ont entrevu la lumière féconde !
Chez les Indous il en avait trouvé
L'heureux secret qu'on n'a point conservé.
  Le chevalier, dans sa juste surprise,
A contemplé le globe merveilleux ;
Pour Orancine, inquiète, indécise,
Elle semblait le menacer des yeux.
« Quoi ! cet esquif peut nous conduire en France, »
S'écrie Urbain : « C'est une extravagance
» Que de vouloir un moment s'y fier;
» Ou, s'il faut dire ici ce que je pense,
» Je vous maintiens, très noble chevalier,
» Sauf son respect, que le père est sorcier.

« — Non, » lui répond le vieillard vénérable,

En souriant; « mais peut-être, entre nous,

» Je suis, ami, moins ignorant que vous.

» Votre surprise est pourtant excusable. »

  Puis s'adressant au chevalier sans peur :

« Sur cet esquif, volez au champ d'honneur;

» Et puisqu'ici votre mâle courage

» Ne peut souffrir un repos qui l'outrage,

» Partez; prenez ce périlleux chemin.

» Ne perdez pas ce livret, dont ma main

» Vous fait présent, et qui doit vous instruire

» Comment il faut diriger et conduire

» Votre ballon au vol impétueux;

» Comment il doit s'élever dans les cieux;

» Comment, quittant le séjour du tonnerre,

» Il peut aussi s'abaisser sur la terre.

» Craignez un vol ou trop haut, ou trop bas;

» Trop haut, du ciel les rigoureux climats,

» L'air trop subtil, causeraient votre perte;

» Trop bas, les pics de quelqu'île déserte,

» Vous deviendraient instrumens de trépas.

» Allez; volez, noble amant de la gloire !

» Au Dieu puissant qui donne la victoire,

» J'adresserai les vœux les plus ardens :

» Il soutiendra vos généreux élans.

» L'autan s'élève avec votre espérance.

» Droit vers le nord vous trouverez la France.

» Et si le ciel vous prête son secours,

» Vous y serez, mon fils, dans quelques jours. »

  Il dit. Bayard verse des pleurs de joie,

Et sa grande âme en ses traits se déploie.

« Savant mortel, » dit-il au saint vieillard

« Plus que le jour vous rendez à Bayard :

» Son nom, l'honneur, sa gloire et sa patrie !

» Ah! vos bontés dans mon âme attendrie,

» Vos soins touchans, vos augustes bienfaits,

» Soyez-en sûr, sont gravés à jamais !

» Dieu! quel moment! allons, ma bonne épée,

» A vaincre encor tu seras occupée !

» Je vais combattre et mourir pour mon roi !

» Mon vieil Urbain, prends place auprès de moi.»

Bayard s'élance alors dans la nacelle ;

Mais Urbain, sourd à la voix qui l'appelle,

Pas plus qu'un roc de place ne bougeait ;

Préoccupée; Orancine observait :

« Eh bien! Urbain, m'entends-tu? » dit le brave.

« Que tardes-tu?—Monseigneur, franchement,

» Je ne saurais vous suivre en ce moment.

» Sur ce rocher, qu'un flot tranquille laye,

» Permettez-moi de rester jusqu'au jour

» Où le vaisseau doit être de retour.

» — Aurais-tu peur? » dit Bayard en colère.

« —Précisément... non; mais je n'aime pas

» A voyager ou trop haut, ou trop bas ;

» Cette voiture enfin ne peut me plaire.

» Moi! de nouveau me mêler aux débats

» Des élémens dont j'ai senti la rage?

» Non! c'est assez en six jours d'un naufrage.

» D'ailleurs, ici je trouve heureux destin,

» Parfait repos, bonne table et bon vin :

» C'est le vrai but et le vrai lot du sage.

» — Eh bien! adieu : je te laisse. — Arrêtez ! »

S'écrie alors Orancine; « écoutez,

» Noble Bayard, mes vœux et ma prière!

» Daignez me rendre aux transports d'une mère!

» D'un tendre amant, qui sans doute aujourd'hui

» Pleure ma mort en son mortel ennui !

» Accordez-moi la grâce que j'implore !

» Sous votre égide, ah ! laissez-moi partir !

» Ah ! pour rejoindre un amant que j'adore,

» Aucun péril ne me fera pâlir ! »

    Elle joignait ses mains en suppliante;

Son beau visage exprimait tour-à-tour

Espoir, douleur, doute, courage, amour ;

Et tout cela la rendait ravissante !

En même temps un enivrant regard

Rend tout refus impossible à Bayard.

    Vous connaissez ces regards-là sans doute,

Chers auditeurs; ce sont des traits brûlans,

Aigus et doux, qui pénètrent les sens,

Et que le cœur reçoit sans qu'il s'en doute.

Le sage même alors est en défaut;

Il veut parler ; il se trouble; il soupire ;

La tête part, et dans un tel délire

Le sage, hélas! devient l'égal du sot.

    Notre beauté, dans son impatience,

Sans lui donner le temps de réfléchir,

Près de Bayard, en palpitant, s'élance;

Impatient lui-même de partir,
Le chevalier répétait : « France! France! »
  Le saint vieillard lâche enfin le cordon
Qui retenait le merveilleux ballon,
Urbain gémit, croit faire un mauvais rêve.
Le globe immense avec lenteur s'élève
Au sein des airs d'un vol majestueux,
Semble planer sous la voûte des cieux,
Monte toujours, de grosseur diminue ;
Incessamment il paraît à la vue
Un point obscur, qui vers le nord serein
Se montre encore et disparaît enfin.

FIN DU CHANT XIII.

NOTES

DU CHANT XIII.

---

1) PAGE 242, VERS 14.

« Jusqu'à la mort je leur gardai ma foi :
» Je meurs content : que Dieu soit avec moi! »

Les exploits de Bayard sont trop connus pour que je surcharge cet ouvrage de notes qui n'apprendraient rien aux lecteurs.

2) PAGE 250, VERS 3.

. . . . . Monseigneur, franchement,
Je ne saurais vous suivre en ce moment.

Les anciennes histoires de ce temps donnent le titre de *mon-*

seigneur à tous les chevaliers. L'historien de Bayard cit quelque part un discours du duc de Nemours adressé au che valier sans reproche et sans peur, où il dit : « Monseigneu » de Bayard, etc. »

FIN DES NOTES DU CHANT XIII ET DU 1er. VOLUME.

ERRATA.

Page 3, vers 16, *au lieu de:*

> Vent de nouveau la ravir au naufrage;

Lisez:

> . . . . le ravir, etc.

Page 21, note du chant 1, ligne 21, *au lieu de* Argenues, *lisez :* Angennes.

Page 184, vers 12, *au lieu de* encore, *lisez:* encor.

www.ingramcontent.com/pod-product-compliance
Lightning Source LLC
Chambersburg PA
CBHW070452030726
47503CB00004B/1016